郭齐勇国学三书 Ⅲ

郭齐勇 著

国音与国韵

海南出版社
·海口·

图书在版编目（CIP）数据

国音与国韵 / 郭齐勇著 .-- 海口：海南出版社，2023. 2

（博约文丛 / 郭齐勇，阮忠主编）

"十四五"国家重点出版物出版规划项目

ISBN 978-7-5730-0835-0

Ⅰ . ①国… Ⅱ . ①郭… Ⅲ . ①随笔—作品集—中国—当代 Ⅳ . ① I267.1

中国版本图书馆 CIP 数据核字 (2022) 第 207215 号

国音与国韵

GUOYIN YU GUOYUN

作　　者： 郭齐勇
责任编辑： 谭丽琳　马俊波
装帧设计： 黎花莉
责任印制： 杨　程
出版发行： 海南出版社
地　　址： 海口市金盘开发区建设三横路 2 号
邮　　编： 570216
电　　话： 0898-66819831
印刷装订： 三河市兴达印务有限公司
版　　次： 2023年2月第1版
印　　次： 2023年2月第1次印刷
开　　本： 880 mm × 1 230 mm　1/32
印　　张： 6.75
彩　　插： 5P
字　　数： 163千字
书　　号： ISBN 978-7-5730-0835-0
定　　价： 45.00元

郭齐勇（摄于 2017 年）

1956 年，郭齐勇兄弟姐妹与祖父母的合影

1961 年，与父母亲、兄弟姐妹以及两个侄儿的合影

结婚照（摄于 1974 年）

1980 年，陪岳父母游览北京

2003 年，冈田武彦先生赠予字画

1998 年，在哈佛大学与杜维明先生交流

2003 年，到谷川道雄（前排右一）先生家拜访

2001 年 5 月，在德国特里尔大学访问卜松山教授

序

郭齐勇兄深耕中国哲学专业之余，偶尔也撰写一些教学随笔、生涯忆往及论辩文字以广交流，兼以实践儒者重视的修齐治平。数十年积累下来，这些文字终于有机会结集出版，对于喜爱其哲思与文笔如我者，算得上是一个别具意味的利好。

虽然我跟年长我一轮的齐勇兄同为武汉大学哲学系1978级学子，但我早就在心里尊其为师长。读大学期间，我就明白我们这些“年轻人”能跟许许多多阅历丰富的“老大哥”一起求学问道，真是此生难得的幸运。他们其实算得上是我们免费的“课外教师”。

因此，当齐勇兄嘱我为他的《国音与国韵》写一篇小序时，我虽然不免诚惶诚恐，所谓“藐予小子，何敢赞一辞”，但最终还是欣然受命。原因无他，一则想借此机会先睹为快，二则想跟齐勇兄的专业著述比照参观，三则亦想借此机缘向包括齐勇兄在内的同学们谨致谢忱。

值此海外战云密布、国内疫情纷扰之际，阅读《国音与国韵》，颇能收敛感时伤怀的心绪，亦获顺风满帆的“心流”。全书文章大致可以归为四类：一类跟齐勇兄的教育家身份相关，涉及人文教育的诸多问题；二类跟齐勇兄的国学家身份有关，多是对儒家思想的见解；三类是生涯回忆，许多生动细节与感性文字特别耐人寻味；四类是学理辩论，其中颇多文章直抒己见，不同凡响……

作为一代教育家，齐勇兄发表过很多有关教育的思想言论。本书中的《大学的教育理念与目标》是一篇具有纲领性意味的文章。在大学的课程设置方面，该文批评重概论、轻原典的倾向，强调应该多读经典、原典，其认为概论是把老师嚼过的馍再喂给学生，而阅读原典才会有根源性，进而才会有原创性。在大学的定位上，该文批评教育目标太过功利性与实用性，批评把教育当作“产业”来办、把教育跟浅近的政治或经济目的直接挂钩，浪费了不少本来就不丰厚的教育资源。该文指出教育首先是培养人，不是首先着眼于实用性，教育必须培养学生对真理与知识永无止境的探求、创造性与不断反思的精神。在大学的办学理念与目标上，该文指出大学教育一要传承文明，二要造就健全的国民，三要培植社会资本。这里的“社会资本”是一个相对不为人所熟悉的概念：一国固有的传统文化是社会资本，公众知识分子也是社会资本。大学培养出来的人必须有一部分应该是公众知识分子，他们是社会的良知。这些人要有社会参与的热情与能力，有理性批判的态度，有世界性和人类性的关怀。顺带说一句，钱理群先生说现在大学出来很多的“精致的利己主义者”，言下之意是关怀天下的知识分子太少，社会资本越来越贫瘠。在谈及中国传统教育时，齐勇兄认为“中国传统教育的本质是人文主义的教育”，是“以‘做人’为目的的教育”。鉴于人文主义教育任重道远，齐勇兄指出应该从娃娃抓起……齐勇兄有关教育的许多思想言论，论述全面、分析透彻、见地深邃，即使数十年过去了，仍然不失其针对性和有效性。

作为新一代国学大家，齐勇兄认为，“中国的小、中、大学生理应接受中华民族传统文化的最起码的教育，例如，修习四书、

《老子》、《庄子》(选)、《史记》(选)、《汉书》(选)、《诗经》(选)、《楚辞》(选)等等”。齐勇兄主张“从公民的文化教养与民族文明的健康发展来看，应当有法律严格禁止中学生的文理分科”。至于大学教育，齐勇兄强调要有通识教育，建议学习四书等中国文化的数种基本经典和一种西方文化的经典。齐勇兄认为，“作为一个中国人，不能不读四书(《论语》《孟子》《大学》《中庸》)。四书之于中国，如同《吠陀经》《奥义书》之于印度，《古兰经》之于阿拉伯，《新约》《旧约》之于西方”。齐勇兄同样主张国文与国学教育要从娃娃抓起：“举双手赞同儿童读经。”齐勇兄如此重视国学教育、传统教育，跟他开阔的国际视野有关系。他发现欧美教育十分重视传统和经典，比如哈佛大学、斯坦福大学、芝加哥大学等都设置有经典阅读的课程。在齐勇兄看来，思想的根源性和原创性是相辅相成的。

相对而言，我偏爱齐勇兄的一些具有回忆性质的文字，盖因为这些文字里有“个人”以及“个人的内心世界”，也就是“灵魂素描”。齐勇兄这一代“40后”，生在旧中国，长在红旗下，历经“十年浩劫”以及改革开放。这段具有转型意味的历史波澜壮阔、前所未有，而贯穿其中的“遗忘与抗拒遗忘”的记忆拔河也十分激烈，因此，留下记忆是非常必要的。齐勇兄回忆知青时期的文章剖析“十年浩劫”时期的心路历程，谈及他由于“出身不好”而自卑，因为自卑而特别热衷“革命”，这个反省格外真实；他后来下放到农村，跟农民接触，中国底层社会的纯朴善良事实上对他有某种“救赎”作用，他也通过民间发现了儒家文化的根源性影响和未来性价值，这很可能是他后来致力于国学研究的动机之一。他的《家世与亲人》一文，让我更能理解他日后成为儒学大家，其实是其来有自。他回忆读书生活的《读书无关书房》

似乎是我当年在《深圳特区报》主编阅读版时组稿并发表的文章，现在读来特别亲切有味。总之，这些打捞记忆的文字是极为宝贵的第一手史料。

齐勇兄那些具有论辩性质的文章，往往直抒胸臆，显示其别具手眼的卓越见地，如第四类文章中的论王国维之“自沉”为人生大超越、李叔同之出家对他的人生和艺术创作发挥了特殊作用；谓庄子并非“遁世”而是保持距离以“刺世”；说文化的创造动力、源头活水在文化母体；论批评与反批评的风格应该是“以仁心说，以学心听，以公心辩”；对孟子的“以德抗位”精神特别加以表彰；批评时下的评价机制是杀鸡取卵；强调学术研究慎言“创新”，提倡“比慢”；指出互联网思维是一个立体思维；等等。这些在在都是发人深省的洞见，读罢令人击节赞赏。

作为齐勇兄著述的一个老读者，我比较熟悉也非常喜欢他的文章风格，那就是要言不烦，缜密清通，精致雅驯。齐勇兄作为中国哲学史家和儒学专家，他近乎天然地承担起承上启下、继往开来的历史使命，而他通过一辈子专心致志阅读、研究、写作，取得了丰硕的成果，向一代后学递出了完美的一棒。

王绍培

2022 年 4 月 19 日

目　录

漫议“生死”“出入” / 001

《庄子》解读 / 003

人文主义的教育宗旨 / 005

永久的悔与无尽的念 / 008

人生的意义与价值 / 019

评所谓“新批判主义” / 032

理念·特色·经典导读 / 039

以仁心说，以学心听，以公心辨——略说批评与反批评的风格 / 045

熟读《孟子》 终身受用——《孟子思想讨论集》序 / 051

大学的教育理念与目标 / 056

读书无关书房 / 068

慎言“创新” 提倡“比慢” / 072

浅谈大学人文教育、国学教育的课程设置 / 077

漫谈国文与国学教育——兼及博雅教育、心性修养与君子人格 / 084

国学与现代民众的生活 / 096

请读一读四书与《老子》《庄子》/ 099

四书应该进中学课堂 / 108

有感于小学生打一点国学基础 / 115

反对中学文理分科，增加儒家经典教学——我对国家中长期教育规划纲要的意见与建议 / *117*
家世与亲人 / *122*
儒学教育并非仅是知识性的 / *132*
和学生一起会读《礼记》/ *137*
传统文化对科技的影响 / *141*
将儒学引入基础教育体系 / *149*
书房·课堂·路上——2013 年的读书生活 / *153*
试谈中小学国学教育 / *156*
心中的昙华林 / *165*
现代社会为什么需要国学经典 / *169*
漫谈人生与人生哲学 / *177*
高科技发展的限度 / *189*
互联网发展的人文思考 / *196*
生也有涯而书也无涯 / *201*
天人合一的内涵与时代价值 / *204*

后记 / 207

漫议“生死”“出入”

出差归来，忙不迭拣出半个多月的《武汉晚报》。不读别的，专看《夜读偶记》专栏的征文。道清学长的《梁任公的人生观》(载《武汉晚报》1990年12月17日)足足让我过了好几杯茶的瘾。

然而，道清兄关于梁任公与王静安(王国维)、李叔同(弘一法师)之人生观的比照，弟则期期以为不妥。兄批评王、李“生于乱世不当其乱，一个投水，一个出家，最终还是自己限制了自己”，弟无论如何不敢苟同。

“投水”二字欠雅驯，似宜用“自沉”。远的如荆楚辞圣屈原，近的如京华巨匠老舍，最终以惊天地泣鬼神之自沉，成就了完满的人格，实现了人生的价值。

至若说到王静安先生之投昆明湖，亦未可以“自己限制了自己”相讥。1927年学界巨擘王静安自沉，多数人视为殉清。其实，从深层面看，王静安的死，乃是古今中西剧烈的文化冲突在他内心造成的巨大紧张所导致的。传统价值系统的崩坏，西方文化弊端的暴露，使得处于传统与现代、东方与西方夹缝中的这样一些知识分子陷入了困惑。王氏50岁自沉，对学术界固然是一大损失，然而对于他的人生来说，未尝不是一大超越。他以自沉把文化冲突凸显出来，对学界起到了振聋发聩的作用。诚如王船山所说：“死亦生之大造矣。”

李叔同的出家，也是如此。他内心的痛苦积淀着丰富的社会文化内涵。两大文明的撞击，使得既认同传统，又向往西学的知识分子寝食不安。出家虽非最佳选择，然非限制自己。亦僧亦俗，对他的人生和艺术创作发挥了特殊的作用。

对于王静安、李叔同们的行为，似乎应给予同情的理解和具体的分析。实际上，中国传统儒释道文化，是把生与死、出世与入世都打通了的。生也好、死也好，入世也好、出世也好，目的只有一个：捍卫人之尊严，解决“人之所以为人”这样一个安心立命之论。像梁启超那样积极进取，可以实现人生的价值和意义，而王静安、李叔同们的人生观，看似消极，实则同样刚健，而且需要更大的勇气，两者互补且一致。从一定意义上说，后者对人生的体验更为深刻。

（原载《武汉晚报》1991 年 1 月 11 日第 5 版）

《庄子》解读

中年把玩《庄子》，爱不释手，渐渐进入新的境界。年轻时缺乏人生体验，竟误奉关锋之说为圭臬，视庄周之人生哲学为没落、腐朽的“虚无主义”“阿Q精神”“滑头主义”“悲观主义”等等。及至中年，沉潜读书，方知关锋之说厚诬古人。

与儒家之“到庙堂去”、墨家之“到民间去”的取向不同，道家的口号是“到山林去”。到山林去不一定是“遁世”，也可以是为了保持距离以“刺世”。庄生目睹他所处之宋国的暴君暴政，对统治者及其帮闲帮凶深恶痛绝。他眼冷心热，体验清贫的生活，以下层小民的心态，剖视残暴、狡诈、虚伪等弊病，鞭挞透底，极尽讽刺讥弹之能事，而且始终保持清高的节操，视功名利禄、邀宠奔竞为“腐鼠”。

人说有一部《庄子》相伴，风刀霜剑、荣辱得失，又何足道哉。这还略嫌拘碍。庄子哲学的世界意义是将人提升为“太空人”，超越升华，不为俗累，宛若大鹏神鸟，遗世独立，飘然远行，背云气，负苍天，翱翔太虚，“独与天地精神往来”。现实或理想的人生有着层层境界：自然境界、功利境界、道德境界、天地境界，如此等等。庄子之学则启迪我们由现实到理想，由有限到无限，致广大、尽精微，历遍层层生命境界，求精神之超脱解放，直至个人与无限的宇宙契合无间——“天地与我并生，而万物与我为一”。笔者认为，人们进入了超时空的境界后，还应当再回到现实中来，因为人毕竟是具体的人、社会的人、历史的人。庄子哲学的缺点是没有对这种回向做出论证。

庄学之宗纲和奥旨所寄，尽于《逍遥游》《齐物论》二篇。章太炎说，前者得其自在，乃《庄子》之“内圣”；后者蕲于平等，乃《庄子》之“外王”。钱基博也说，前者所以适己性，喻众生之大自在；后者所以与物化，阐众论之无不齐。章、钱均以自由平等释《庄子》，绝非偶然。因为庄学不似儒学将个体的人淹没于群体伦理，即封建纲常名教之中，故特别得到魏晋玄学家乃至清末革命家的青睐。大概所谓“物任其性”“各当其分”或“无待”“独化”的诠释，至少可以作为思想解放的某种酵母吧。

庄学不独是特殊的人生智慧，而且是特殊的中国艺术精神，是我国各类艺术的灵魂和源头活水，不读《庄子》就根本不懂中国文化。现代西方哲学试图摆脱逻辑理念与语言的束缚，也有以诗或寓言，以隐喻、多义的比兴来表达形而上学的意义、内涵的，不过比起我们“深闳而肆”“恢诡谲怪”的《庄子》，可谓“小巫见大巫”或“相距不可以道里计”了。庄子哲学诗意盎然，哲理宏博，汪洋恣肆，生机勃勃，词约义丰，暗示性无边无涯，涵盖面无穷无尽。读《庄子》既要用理智，又要用情感，甚至要投射全部生命与生活的体悟。《庄子》不仅是荆楚文化的瑰宝、中华文化的精品，而且也是世界文化的奇葩！

（原载《书刊导报》1991 年 7 月 5 日第 27 期第 2 版）

人文主义的教育宗旨

研究生教育的方式，主要沿袭西欧诸国的导师制度。欧洲大学教育的导师制度本身是十分丰富的，这里且不去说它。本文要说的是中国教育，特别是宋明书院教育的制度与方法，颇值得大力提倡，并与西欧导师制相会通。

中国传统教育的本质是人文主义的教育。简言之，是以“人”为中心，以“做人”为目的的教育。中国古代教育家注重启发每一位教育对象的内心自觉，提出了一套“做人”的道理、“做人”的要求、“做人”的方法，让学生从生活中体悟“做人”的乐趣。自孔子、孟子起，古代教育家善于诱导启发每一位学生的智力潜能，特别是道德潜能。孔子曰：“不愤不启，不悱不发。”孟子说：“君子引而不发，跃如也。”《礼记·学记》曰：“君子之教喻也，道而弗牵，强而弗抑，开而弗达。”这些，不仅是开诱学生的智力，更是开诱学生内在的品性。中国古代成功的教学原则与教育方法，例如大家熟知的因材施教、温故知新、格物致知、学思并重、长善救失、教学相长、言传身教、尊师重道等等，都不仅仅是智力教育的原则与方式，还是品性培育的原则与方式。

中国古代教育重视品性培养，注重气节与操守，注重培养学生提升自己的精神境界，提倡发奋立志，强调道德责任感与历史使命感，弘扬那种孜孜不倦、临事不惧、不计成败利钝、不问安危荣辱、以天下为己任的精神气概与宽广胸怀，把个人担当的社会责任与个人道德的自我完成统一起来。中国古代教育具有灵活的特点，因人因时而异。它不是分科细密的，而是整体综合的；不是单纯传授知识技术的，而是德智合一的；不是师生脱离、教育与人生实践相脱节的，而是教学相长、寓教育于生活实践之中的；不是以知识系统为枢纽的，而是以理想人格的树立与培养为目的的。不仅是古代，民国时代的教育也有很多经验值得我们现今汲取，例如无锡国专、蓝田师范，它们培养了很多全面发展的人才。

当代大儒钱穆（宾四）先生与唐君毅先生等人在创办新亚书院时，明确提出博采西欧导师制和宋明书院制，强调“求学与做人，贵能齐头并进，更贵能融通合一”“做人的最高基础在求学，求学之最高旨趣在做人”。新亚书院的学规指出：“完成伟大学业与伟大事业之最高心情，在敬爱自然，敬爱社会，敬爱人类的历史与文化，敬爱对此一切的智识，敬爱传授我此一切智识之师友，敬爱我此立志担当继续此诸学业与事业者之自身人格。”新亚书院的学规强调，学生应有坚定的志向和广博的知识，要立志成为通才和专家，要明了自己的义务与责任，要在寻求知识中完善自己的人格，要把内心修养与学业融为一体。中国宋代的书院教育是以人为中心的，而现代的大学教育是以课程为中心的。新亚书院则以各门课程来完善人格，以人为中心来传授各门课程，他们认为，每一理想的人物，其自身即代表一门完整的学问；每一门理想的学问，其内容即形成一理想的人格。这里充分体现了人文主义的教育特色。

在人文精神淡薄的今天，重温并汲取古代教育的优长是十分有必要的。特别是研究生教育，师生之间在切磋学问时，相互砥砺德行，确应提到议事日程上来。在商潮澎湃、言必曰利的氛围之下，很多人企图削弱师道，降低人格，用庸俗市侩的哲学侵蚀神圣的教育殿堂。而一些研究生在需要导师时，装出尊师状，一旦拿到“敲门砖”便弃之如敝屣。从立身行事、安身立命的角度审视，有一些研究生实在是不合格的。因此，对现时研究生教育中的缺憾应加以警醒与治疗。这都需要我们师生双方共同努力，特别需要教育职能部门充分重视。我的看法是，古代教育中有很多好传统值得发扬光大。

（原载武汉大学《研究生教育》1994 年第 4 期）

永久的悔与无尽的念

我很快就要由不惑之年跨入知命之年了（按：本文写于1996年初），回首知青生涯，总免不了思绪万千。我们这一代人有不同于上一代人和下一代人的生命历程和生命情调，有特殊的遭遇、坎坷、磨难、困惑与痛苦，有其他年代的人难以理解的喜怒哀乐。我们属于充满激情和理想主义的一代，我们曾经真诚地拥有为理想、为国家、为他人英勇献身的精神，并付诸实践。在那段刻骨铭心的日子里，我们被抛到社会最底层，与茅屋、土地、油灯、扁担、犁耙为伴，体验人生，了解民间疾苦，领悟中国文化的乡土之根。

反思过去，瞻望未来，一方面，我们多少有些留恋那稚嫩的莽撞的奋斗，那蹉跎岁月中青春、热血和汗水的奉献，以及第二故乡的风土人情；另一方面，我们又为自己的思想蒙昧和“文革”环境重压下的精神自戕、自我萎缩而汗颜，为自己后来经历了思想解放、逐步摆脱教条主义的精神枷锁、觉悟到知识分子的自立之道和生命自我的腾飞超越而暗自庆幸。

一、原罪与救赎

我们生活在没有基督教文化背景的社会，实际上很难体会到西方人的原罪感及其意义。我这里所说的“原罪”，是极左年代的所谓“阶级原罪”，即笼罩在所谓“阶级敌人”及其后代，尤其是知识分子头上的无形的金箍——罪感意识，即生而有罪的意识、父债子还的意识、低人一等的意识。

知识分子上山下乡运动的历史，远远早于“文革”。即使不谈1949年以前的革命中的类似行为，至少可推至20世纪50年代中后期和60年代前期。所有这些都是与青年知识分子的思想改造、自我革命联系在一起的。我个人在“文革”以前，在1964年读高一和1965年读高二时，就已向学校提出过不再念书而奔赴农村或边疆务农的请求。记得母校武汉市第十四中学（当时的省重点中学）的汪子英校长、刘克刚主任（教务）为此专门与我谈过话，劝我打消此念认真读书。我当时十分欣赏董加耕、邢燕子、侯隽等前驱者，决心以他们为榜样。然而在下意识里，这种请求却是与自己的“出身不好”有关系。当时的一种内在痛苦是渴望参加革命却因所谓“出身”问题和“海外关系”问题不得参加革命。这种阿Q的苦恼在我们班上（重点班，同学多数是高等院校教职员的子女或城市工商业者的后代）特别突出。

1966年春夏之交，临近高三毕业，准备参加高考的我，受北京大学、武汉大学“文革”巨变的鼓动，与班上几个最具“革命敏感”的同学一起，于6月5日晚给校党总支贴出了全校的第一张大字报，强烈要求学校立即停课，积极投身到火热的“文化大革命”中去。次日，形成了全校学生以请愿和张贴大字报为主要形式的“六六”运动。省里迅速派出了以一位资深的团省委副书记为首的工作组来处理此事。后来我们才知道，我与同学冯达美、孙俊被工作组和党总支内定为“三家村”“小反革命集团”。

我们当时无疑是激进的“左”派，然而由于我们必须承受祖先父母带来的“出身罪”，不能参与革命，因此，我们革命的动机首先为人所怀疑，且被视为异己，随之而起的以“红五类”出身为主体的青年红卫兵运动，不仅把我们排除在外，而且把我们（“黑五类”子女）作为斗争或准专政的对象。历史往往无情地嘲弄历史的参与者。我们这些“先知先觉”的“造反派”很快被“后知后觉”的“造反派”抛弃，历史的旋涡总是使中心人物滚到边缘，而边缘人物每每占据中心。在那段日子里，教过我们立体几何，十分敬业、十分有水平的陈邦鉴老师因有所谓历史问题而惨遭不幸。教过我们化学的女老师张惟聪先生是全市有名的中学化学权威，但也饱受侮辱……

十分可悲的是，我个人在这种局势下陷入严重的精神自戕、肉体自虐的境况，陷入了偿还“原罪”的苦闷和折磨。这种精神创伤之深，是一般人很难理解的。而我们的救赎之道，只能是自责、自虐，以及服从强大的外在力量的安排。尤其不能原谅的是，我还竭力表白自己积极参加革命、接受改造并努力自我改造的决心，因此干过不少蠢事。例如，我这个连任几届的班长给自己班的两任班主任，即刘乐芳老师、张丽华老师写过大字报，揭发她们给青年学生推荐青年修养方面的“毒草”；积极参加对领导的批斗活动，特别是对许简老师写的《三言两语》的批判，我曾查阅报刊，上纲上线地说他抵制“反修”；我也曾追随红卫兵到住在武汉大学、武汉水利电力学院、中科院水生所等的班上的几位同学（他们的父母是高级知识分子）的家里去“扫四旧”，在唐小蓓同学家还高声指责她父亲是个“老右派”；为表示“脱胎换骨”，我曾天天打着赤脚主动到开水房为几栋教学楼的开水桶挑开水；1966年暑假，我在家中收到班上红卫兵的一封勒令信，让我集合我的祖父母、父母亲等全家长辈，高呼“老子反动儿混蛋”等十几条口号，每条连呼数遍，我照办了，虽然痛苦之极，但仍然造了祖父母、父母亲、叔父母的反，并写勒令信让他们扫街、佩戴自辱的“黑符号”……在所谓“批判资产阶级反动路线”之后，我们这些“黑五类”子弟也“咸与革命”了，组成了“红十月战斗队”，虽然是比较文雅的，但也不免偏激，我记得我与几位同学在大年三十跑到“走资派”邓铁生书记家里狠狠训斥了他一通。

这些不堪回首的往事，也许放在“文革”特定的环境中算不得什么，但“文革”过后，痛定思痛，深感当年在“左”的氛围中，自己的所思所言、所作所为，是多么有违人性啊！或许恰好因为自己有“‘黑五类’子女”这顶帽子的限制，才没有走得更远……

1967年元月，由于苦闷、无聊，处于一种“被抛弃”的生存处境中，我急于找到一个躲避残酷的现实和“罪恶”家庭的地方，于是与另三位“黑五类”子女王津新、吴炯珞、何峥生同学一起扒车去乌鲁木齐，请求加入新疆生产建设兵团。在我们的想象中，那里不仅是沙漠里的绿洲，也是理想的乌托邦。父母及兄长姐妹含泪送我远行，以家中仅有的一点钱为我买了行装。我们四人扒了数列火车，几经辗转，终于到了乌鲁木齐。然而由于当时国务院有令，不准兵团招人，无论我们如何苦苦哀求，兵团坚决不予通融。万般无奈，我们四人盘桓一周后，不得不打道回府。

上述这些跪着造反、扭曲人性的心态和行为，虽然发生在“文革”背景下，虽然当时我尚不足20岁，然至今我仍不能原谅自己，为自己的怯懦、屈从、无知、盲动，特别是伤害亲友、师长的行为而深深地负疚、深深地忏悔。

二、人性的复苏

1968 年 11 月，我们在久久等待之后，终于作为第一批知青自愿下乡。下乡前一日，我们戴着光荣花，站在卡车上，随长长的卡车队，在武汉三镇游行（当时叫“游街”），与生养我们的大武汉告别。班上的同学虽几经斗争、分化，但大体上我们还能坐在一起，讲同窗的情分。我与邱申新、陈世钟、彭淑念各带一队，奔赴天门县若干公社的生产队安营扎寨。邱申新、温庆余等同学在“文革”中表现出少有的怀疑精神，常提出一些发人深省的问题，不像我等那样地信奉教条，唯书唯上。对于上山下乡运动，有一些同学是持有异议的，但我仍十分支持“革命”，心甘情愿地接受贫下中农再教育，真诚地希望通过劳动汗水的洗礼，改造自己的立场和观念。当时我的确没有想到后来还会返城，确实属于拼命苦干的扎根派。

天门，古称“竟陵”，是“茶圣”陆羽的故乡，在我们下乡的年代，那里的自然生态环境还未被破坏，可以称得上“山清水秀，人面桃花”。从城关到渔薪再到我们队（杨场公社金星一大队四小队）都有水路，河水清澈见底，两岸绿树成荫。由于水土较好，肤色白净的年轻媳妇与姑娘们喜欢穿着红红绿绿的线绨面料的漂亮衣裳在棉田锄草，一字排开，煞是好看。她们老是嘲笑城里下乡的女知青们只穿黑色、蓝色的制服。后来由于好大喜功政策的干扰，天门的环境污染日趋严重，特别是汉北河挖通之后（我们曾在汉北河水利工地苦干了 5 个月），县河成了死水，据说今天已目不忍睹了。水土已遭污染，真不知“人面桃花”安在否。

中国农民是十分实在的一群人，在那“割资本主义尾巴”，限制农民使用自留地，限制养家畜、家禽，甚至种什么、怎么种、什么时间种都一任上级发号施令的情况下，农民们对种种限制常能做出俏皮的挖苦和消极的反抗：他们充分发挥了黑色幽默的天赋。我们这群苦行僧在田里拼命干活，由于不得法，常弄得十分狼狈。他们常拿我们打趣，田里充满了笑声。农民是十分善良的，笑归笑，帮归帮，他们总是善意地帮助我们，为我们修了知青点的房子，安顿好我们的衣食住行，问饥问寒，送菜送粮，尽可能地关心、爱护我们，教我们一些干农活的技巧、方法，也包括偷懒的方法。我们挑狠了、干猛了，他们常说的一句话就是“不要把一辈子的饭一口吃完了”，提醒我们爱惜身体。我们开始干活时总是弄得浑身脏兮兮的，而他们则暗示，身上干净才是最佳能手。当我们暂时做不出漂亮的活儿时，他们会以十分宽容的态度接纳我们，并总爱说：“草鞋无样，边打边像。”

他们不仅纠正了我们的苦行主义，制止了我们的自虐自戕，也暗暗地纠正了我们信奉的斗争哲学。当我们按照教条主义虚幻的所谓“阶级分析法”去斗争“地富反坏右”时，他们总是巧妙地回避，而他们自己对所谓“五类分子”（其实多数为地主、富农的子女或城里阶级斗争激化后被遣送到乡下的所谓“资本家”等）则特别有人情味。在我们看来，“五类分子”是我们的敌人，然而在当地老百姓看来，我们是愣头青，可能会被人视为“准五类分子”，需要他们保护。记得 1969 年在皂市白湖围垦时（帮部队建农场），正值早春时节，春寒料峭，“五类分子”要先跳到刺骨的水里作业，农民总是想各种办法让他们早一点从水中起来。

农民不仅制止我们蛮干，还教会我们在工地上抢饭吃的策略，如第一碗多盛快吃，第二碗少盛快吃，一定要抢盛第三碗，然后慢慢吃。

在乡下，我们真正体验了民间疾苦，感受到我国农村人口文化程度不高。我下放的湖北天门位于鱼米之乡江汉平原，可我们与当地人一样，常常是“三月不知肉味”，少有鱼肉吃，少有大米吃，吃得最多的是粟米、大麦米。大麦米的做法是：先在锅里干炒，炒熟之后用水一煮。实际上没有经过加工的大麦米很难煮烂（且柴火本来就很缺乏）。如此煮成的大麦米饭，当地叫作“焌米茶”。夏天基本上都在吃此物，因为不易消化，拉出来的常常是整粒整粒的大麦米。食用油则是用没有脱壳的棉籽榨的油，黑色的，有很多黑色的沉淀物。在水利工地上，每餐吃蒸的钵饭，每钵二三两粟米，上面加一斤胡萝卜，蒸熟的胡萝卜不好吃。菜则以腌菜、腐乳为主，都是自己在家里做好带到工地上的。农村不仅“少吃”，也“少教”，特别是一些女孩子，根本无法读书。我们知青用自己的钱，买了一些课本、笔、纸等，办起了识字班，给孩子们扫盲，教他们唱歌跳舞，稍稍活跃了当地的文化生活。

由于我们与乡亲们相处甚洽，感情甚深，我们离开时，乡亲们都动了真情，流了泪水，送了我们一些鸡蛋等物品。因为限制养鸡，他们的鸡蛋一般卖了换针线，鸡蛋在当时是很宝贵的。乡下的生活使我感受最深的是，我懂得了仁爱、慈孝、信义、和谐等等保存在民间的中国传统文化的基本价值，这些价值使人性从“残酷斗争”“无情打击”的“文革”氛围中渐渐复苏，使人渐渐体会到人与人之间情感的力量，让人反省那种斩断亲情、师生情和阉割人性之爱的所谓“阶级斗争”其实有多么荒唐。我们的头脑里充满了有悖人性的“专政”之类的教条，而乡土的生活却是充满温情的。农民虽然在应付上边的号令时表现出不少机巧或狡黠，但在日常生活中凸显的却是淳朴。他们内在的价值观，仍是孟子所说的：“恻隐之心，人皆有之；羞恶之心，人皆有之；恭敬之心，人皆有之；是非之心，人皆有之。恻隐之心，仁也；羞恶之心，义也；恭敬之心，礼也；是非之心，智也。仁义礼智，非由外铄我也，我固有之也，弗思耳矣。”（《孟子・告子上》）民间生活把我们内在的“四端之心”启导了出来，教会了我们做人的根本。而这些耳濡目染到的仁义礼智信，与天天被灌输的“无产阶级专政下继续革命”的“仇恨”“理论”，反差竟是那么强烈。

现在想起来，我真是非常感谢天门乡下的父老乡亲们的关照，特别是对我复苏仁爱之心、良知善性的切实启导。这些启导往往是无言的。从这个意义上说，我们接受的是无言的再教育，是现实的人生，是良知的复归。

现在乡亲们的生活不知怎样了，从前年来看我们的鄢元发叔口中得知，他们的生活遇到了新的麻烦，工业化与商业化的冲击是不可避免的，而执掌乡镇的年轻后生，颇有点霸气十足、横行无忌了。天知道传统的价值观念在农村还能否保留？弹指间，我们在乡下当知青的日子距今已有 20 多年了，我们仍然很怀念那一段艰苦却不乏温情的乡土生活。

三、多余的评价

红卫兵运动和知青运动是有着密切连带关系的两大事件。研究 20 世纪 60—70 年代的思想史、文化史、社会史，不能不研究极左思潮背景下的这两大运动。研究的视域和方法完全可以多元化，评价和诠释的尺度不必也不可能统一。

我在乡下待的时间不长，还不到两年，而且我待的地方，条件还算不错，民风也淳朴。因此，我的体验和感受，与待的时间更长一些或地方更苦一些的同学、亲友相比起来，也就颇不相同。在我被招到湖北省化工厂（地处应城）当工人之后，我的一些同学，还有我的妹妹，又在乡下生活了 4 年，有的甚至 8 年。他们吃了不少苦头，特别是精神上的压力渐渐增大。新鲜感丧失后，物质文化生活的极度贫乏和单调就成了大问题，有的人甚至受到来自政治、情感诸方面的摧残。

现在在洛杉矶教书的我班才女冯达美，在天门机械厂当工人多年，直到恢复高考后才得以返城。更苦的是书呆子黄颐同学，因高度近视，在乡下待了 8 年，后来才抽调回汽车运输站当搬运工，也是恢复高考后才回到武汉大学的。黄老弟该有四十六七了吧，赴美多年，听闻刚刚在美国最好的一家物理实验室做博士后。他垂垂老矣的父母相互搀扶着在校园散步时，将这一消息告诉了我，言谈间似觉非常欣喜、满足。这两位老教授膝下再无别的子女，黄老弟的妻小也早已随他客居大洋彼岸。每每看到他的父母孤独无依，不觉悲从中来。龚一平同学也在乡下待了 8 年，回武汉后开过小小机动车，也赶上恢复高考最后一班车考上大学，后在一家中学当“娃娃头”，40 岁出头才有孩子，夫人下岗，仍面临糊口之忧。孙俊同学还算顺利，在北京环卫局法制处工作，也是借大学毕业分配之机，在湖北省教委前领导张树芝同志的关照下，才解决了十多年夫妻两地分居的“老大难”问题。她的儿子考回武汉大学，读书很用功，而她自己已是一身病，形容憔悴了。我们班上更多的老知青们仍在平凡的岗位上，在社会基层工作与生活着。

总的说来，知青下乡是当时政府在“文革”期间解决城市劳动力过剩的失业危机之不得已的举措，也是消解城市动乱源头之一的红卫兵运动的一种最佳方式。城市知识青年大批安置到本已劳动力过剩的农村去，实际是反现代化的流向。20 世纪 80 年代中期直至今天仍未消退的“民工潮”，即农业过剩人口大量拥入城市打工的流向，倒是现代化的正流向。“知青潮”与“民工潮”恰是相反的两极。相形之下，“民工潮”引起的社会震荡比“知青潮”更为剧烈，也更有意义。

知青这一批人，年龄跨度有十多岁之大。20 世纪 70 年代的中学生，我不太熟悉。20 世纪 60 年代的中学生，实在是很苦的一代人。在长身体的时候，他们遇到了物质生活的大饥荒；在长知识的时候，他们遇到了精神生活的大饥荒。他们现已年届中年，不少人成为各行各业的骨干，有一部分人面临新的失业危机的困扰。平心而论，“老三届”是最具韧性的一代人，最受磨炼的一代人，最有敬业精神的一代人。他们给予这个社会的很多很多，而社会给予他们的却很少很少。黑格尔说过：“人不能脱离他的时代，正如不能脱离他的皮肤一样。”庄子也说过：“无所逃于天地之间。”我们总是处在理想与现实的撞击之中，我们只能以平常心回首过去。从这个意义上来说，我们无怨无悔，我们的青春与血汗的奉献还是值得的。

就我个人来说，下乡的那一段日子是值得怀念的。虽然因“出身”与所谓“海外关系”问题（我的大姑母一家因生活所迫于 1948 年迁台）受到牵连，十分自卑，但农民不因此而鄙弃我，反更亲近我。我渐渐恢复了自信，特别是复归了仁爱之心。这段生活至少为我奠定了这么一个基础，尽管我因为其他的缘由，在离开了农村又当了 8 年工人之后，于 1978 年 31 岁时有幸考入大学深造，尽管我现在忝列高校教席，但我的本根是平民。这不仅因为我的祖父、父亲只是武昌城边、巡司河畔的小小商人，更因为我有当普通农民、普通工人的近十年的经历。现在我是一位平平实实、独立不苟的平民知识分子，决不沾染贵族习气，无意巴结权贵，依傍权势，特别关怀农家子弟，适时予以资助。我总是把自己当作一名知青，总希望不脱离此根，即中国文化的乡土之根。

中国的学问是生命的学问，儒释道三家的哲理，需要吾人切实地体验。我的生命的意义和价值在于默默地工作，为培养平民的后代尽心竭力，在社会需要时，不妨做狮子之吼，代表平民的心声和社会的良知。

（原载《我们曾经年轻——武汉知青回忆录》，武汉出版社，1996 年）

人生的意义与价值①

古希腊圣贤苏格拉底希望人们“认识你自己”。俄国大文豪托尔斯泰提问：我们应该如何生活？

“你是谁？”或者换一种问法，“什么是‘真实的我’？”亲爱的朋友，你是如何思考这个问题的呢？其实，我们每个人对人生都有自己的看法、态度和感悟。

所谓“人生观”，就是人对生命、生活和人生的道路、目的、意义、价值诸问题的系统的、全面的认识和根本的态度。人生观包括以下问题：人为什么活着？活得怎么样？活在什么样的境界中？什么是人生的成功与失败、幸福与不幸？究竟应该怎样度过自己的一生？人生在世，究竟追求什么？生命的目的、意义和价值何在？

“人生观”既然是人对自己生活的反思，其内容必然涉及人的社会生活的方方面面。我们人类要生存，首先要从事围绕衣、食、住、行等生存需要进行的物质生产，还要繁衍后代。在这两种过程中，总要形成一定的社会关系，例如与父母、子女、兄弟

---

① 本文参考、借鉴了陈楚佳编著的《现代伦理学》（武汉大学出版社，1993年）、周民锋著的《你我人生》（华东理工大学出版社，1994年）、甘葆露主编的《人生哲学新论》（北京师范大学出版社，1992年）和段德智著的《死亡哲学》（湖北人民出版社，1996年），特此致谢。

等的亲属关系和与同事、朋友、邻里的关系。此外，要调节社会中人与人的关系，协调不同人的生存需要和分配，必然要形成一定的社会秩序、规范、礼仪、成文或不成文的制度、风俗等等。此外人类还从事着精神生产，包括科学、技术、经济、政治、法律、社会、文化、教育等方面的活动，特别是人的高级精神需要方面的艺术、道德、哲学、宗教等的精神生产。人们对这些现实活动的本身、对人与人的交往关系做出自己的价值判断，即评价这些活动着的人与事的是非、善恶、美丑，还对人的活动、人的关系做出多层面思考，进而涉及人生的道路、价值、目的、意义，人最终的信念，人的生命的终极性托付，等等。这些都是人生观的内容。处在不同时代、不同社会、不同阶级与阶层、不同生存环境、不同生活状态中的人，会有不同的人生及思考，而人生观是对这些具体思考的系统化、理论化的总结。

人生观虽然是人对人生的反思，然而却不是人们头脑里凭空、任意产生的。由于我们每个人总是处在一定时代的人与人、人与社会、人与自然的关系之中，受到一定的生产力、科技发展状况和政治、经济、文化制度的制约，因此，人对人生的反思，必然受到一定时代的社会客观状况的制约。一定社会和阶级的人生观总是一定社会的经济关系、个人的生产交往活动，以及个人的经济地位、社会地位、政治权益、文化素养、人格情操等的反映和表现。正确的人生观是对这一过程的现实必然性的反映和表现，错误的人生观是对这一过程的虚幻或歪曲的反映和表现。所以，人生观的思考具有客观的内容和社会本质。

人生观的社会功能与作用是多方面的。正确的人生观可以帮助人们健康地生活，以积极、健康的人生态度面对社会、人生的种种复杂情况，增强人们的人生信念和生活意志，指导、帮助人们面对当下生活中的种种困难、坎坷和打击，给人以生存的力量、信心与勇气，克服自私、自满、贪欲、不尊重人等等不良因素，成就一个美好完满的人生。因此，正确的人生观犹如人生旅途的指南针或营养素，帮助我们完善自身、丰富自身，追求真、善、美，协调智、情、意诸方面的和谐、全面的发展。正确的人生观可以指引人们正确地面对生活，树立崇高的理想，发挥聪明才智和各种潜能，积极参与社会活动，从而有效地推动整个社会的繁荣发展。正确的人生观是一种积极的精神力量，而错误的或消极的人生观则可能指向宿命论，指向消极、颓废、腐朽、奢侈、虚浮或百无聊赖，容易把人导向迷途。

古今中外，人生观纷繁复杂，然概而言之，不外以下五种：

第一种是积极进取的人生观。《周易·乾卦》："天行健，君子以自强不息。"此句意思是说，宇宙或"天"的本性是生生不已、运转不息、刚强不屈的，人应效法于天，自强不息，永远努力前进。孔子主张"刚毅"，他对生活采取积极乐观的态度，"发愤忘食，乐以忘忧"，不畏艰辛、不怕挫折，为了实现理想，甚至"知其不可而为之"。刚健自强、开拓创新、乐观向上、宁折不屈，是我们中华民族的品格。我们民族的仁人志士都是这样生活的：忧时爱民，如"虽九死其犹未悔"的屈原；忍辱负重，如受腐刑而无愠色、完成"史家之绝唱"的司马迁；挚爱民族，如"留取丹心照汗青"的文天祥；精忠报国，如"仰天长啸，壮怀激烈"的岳飞；舍生取义，如未敢昧大义而轻生惧死的史可法；改革弊政，如血荐轩辕、以身殉道的谭嗣同；抗议无道，如拍案而起、横眉怒对敌人枪弹的闻一多、李公朴；救民于水火，如铁肩担道义、清贫志不移的李大钊、方志敏；抨击黑暗，如一身正气的鲁迅；保持气节操守，如不食嗟来之食的朱自清；捍卫真理，如抵制错误路线的彭德怀、张志新。为了民族的腾飞，张思德、黄继光、焦裕禄、王进喜、李四光、邓稼先等数不清的革命英烈、知识分子和普通百姓，孜孜不倦，奋斗不息。他们是世人的楷模，人格的典范，精神的脊梁，文化的长城！他们的浩然之气，至大至刚，充盈宇宙。勇猛精进，排除别人难以想象的艰难险阻，像张海迪那样勇敢面对生命的缺憾，或者像雷锋、吴天祥、谭彦那样，克服世人难免的惰怠、消沉，保持生活的紧迫感，都是健康、积极的人生态度。朋友们，让我们像鲁迅先生和西方思想家蒙田所说的那样吧，面对万事都有一种“要赶快做”的“想头”，从而“双倍地享受”和利用自己的有限人生，把自己的人生安排得“紧张热烈”，只争朝夕，奋勇拼搏，赋予有限的生命以无限的意义。

第二种是放达解脱的人生观。与儒家积健为雄的人生态度互补的有道家的自然、飘逸和佛禅的机趣、洒落。正如中国文化有汉唐的雄浑，亦有魏晋的清远一样，由于身世、人生际遇、性格的差异，不同的个体会有不同的生存体验和神采情韵。“诗圣”杜甫的忧患、沉郁，把民间疾苦化为笔底波澜，对国事民瘼的深度关怀，是儒家人生观的写照；“诗仙”李白的旷达飘逸，独立不苟，斗酒百篇，嬉笑怒骂，是道家人生观的写照；“诗佛”王维的静穆空灵，冰清玉洁，脱尽沉滓，心无挂碍，是佛家人生观的写照。同一个陶渊明，一方面意气风发，“猛志固常在”，另一方面又超然物外，“悠然见南山”。中国文化兼备了忧患与怡乐，充实与空灵。中国人的人生态度往往也兼备、结合了两面：一面是如临深渊，如履薄冰，谨慎戒惧，奋发图强，取义成仁；另一面是恬淡无欲，“白首卧松云”，遂性率真，胸怀洒落，逍遥自得。一面是积极用世，一面是超越俗世。正所谓“穷则独善其身，达则兼善天下”“进亦忧，退亦忧”，以出世的精神干入世的事业。道家老子、庄子追求的是精神的超脱解放，这不是指放纵形体的情欲。如果执着于外在物欲、功名利禄，那就会为物所主宰。所以庄子要化解物形，做逍遥无待之游，达到“独与天地精神往来”的境界。老庄哲学将现实人提升为“太空人”，超越升华，不为俗所累，宛若大鹏神鸟，飘然远行，遨游太虚。这有助于人们消解俗世生活的紧张、压力与痛苦。人们常常需要自我超拔，由现实到理想，由有限到无限，致广大，尽精微，遍历层层生命境界，直至人生的极致。与道家相近，佛家智慧也是用否定、遮拨的方法，破除人们对宇宙一切表层世界或似是而非的知识系统的执着，从而使人获得精神上的某种自由、解脱。佛家哲学的正面价值在于启迪人们舍掉一切外在的追逐、攀缘、偏执，破开自己的囚笼，充实自己的心灵，直悟生命的本性、本真。佛家慈悲为怀，严格律己，有拯救众生与世界的热忱和对道德人格的追求。

第三种是消极厌世的人生观。道家的人生观其实是积极的，但道家之末流面对治乱、存亡、生死、穷达、祸福、夭寿、贫富、荣辱、毁誉、美丑、善恶、得失、逆境顺境的变幻莫测无法解释，因而提倡一种守弱自全、绝圣弃智、委心任运、安时处顺的处世态度，主张听凭命运的支配。道家的负面观念是明哲保身，这消解了人的积极能动性，贬抑了人的物质欲望和功利追求，在命定的必然面前“知其不可奈何而安之若命”，至多只能躲进精神的无何有之乡。不思进取，逃避现实，或者麻木冷漠，或者落后消沉，或者厌世颓废，或者随波逐流，或者玩世不恭，或者滑头世故，这是我们民族的劣根性的表现。真正的道家不是这样的。在古希腊有一个叫“皮浪”的人，主张最彻底的心平气和，放弃一切思索，像猪狗一样“不动心”，提倡相对主义和虚无主义的处世态度。这是不健康的，应予以否定。

第四种是悲观出世的人生观。佛家的人生观其实也是积极的，但佛家的末流及其负面观念是以人生为痛苦，除了生、老、病、死诸苦之外，还有欲望得不到满足、生离死别、与自己意气不相投者相处的痛苦等等。人生本身即苦海，要摆脱痛苦、消除烦恼，即出离世间、否定世俗生活。这种主张麻醉和摧毁了人们的斗志，不让人们积极去享受现实的快乐，使人们丧失生活的勇气与信心，特别是当个人遭逢不幸、挫折和委屈时，让人觉得人生毫无意义，生活暗淡无光，所谓“看破红尘”“人生如梦”“万事皆空”等等。这是愚昧消极的，应当摈弃。真正的佛家绝不是这样的。

第五种是纵欲享乐的人生观。极端的利己主义者，古今中外都有。据说春秋时期的杨朱鼓吹个人享乐，“拔一毛而利天下，不为也”。这种人生观把人生看成是单纯满足个人生理需要的过程，把人生丰富的社会内容简单化了、鄙俗化了，主张人生在世及时行乐，今朝有酒今朝醉，追求醇酒妇人，即所谓“丰屋美服，厚味姣色”“尽一生之欢，穷当年之乐”。在西方，也有沉溺于声色口腹之乐的享乐主义者。这种人生观使得人们不顾一切地去享受快乐，追求个人幸福，甚至不惜损害他人的利益，不顾国格与人格，花天酒地，金钱至上，投机钻营，钱权交易，醉生梦死……这是一种腐朽的人生观，应予以鞭挞和蔑视。

各位朋友，现代社会生活丰富多样，色彩斑斓。什么样的人生才是有意义的人生？怎样追求有意义的人生？年青的朋友信奉古罗马哲人的格言：“人所具有的我都具有。”那是一个需要巨人而又产生了巨人的时代，思想家们重新定义“人”是什么。人的创造性、能动性、独立性、自主性、责任性开始苏醒、增长，以至后来出现了像达·芬奇那样一手拿剑、一手拿笔，一手作画、一手设计飞行器的巨人。

我们每个人都希望有成就感，人人都渴望成功，毕竟成功会带来物质利益和精神鼓励。以事业成功换来的赞许和钦羡，具有不可抗拒的诱惑力。只有同你的才干和潜能相符的功名心，才是正常且正当的。低估自己，会磨损进取心；高估自己，又会显得志大才疏，野心勃勃。我们祝愿大家都有成功的人生。

一个人能否成就外在的功业，有赖于客观环境提供的条件。家庭、社会的条件，升学、就业、升职等等机会和机遇，各种必然的条件、偶然的机缘，制约着各位的发展。从本质上说，人是一种社会动物，人生实践是一种社会性的活动。人生实践总是处在特定的人群、团体和社会中，人之于社会存在一种不可摆脱的依赖性。但另一方面，社会的进步与发展又大大地刺激了人的各种需要（物质、精神的各种需求）的深度发展，并为不同个体提供了更为广阔的纵横驰骋、施展抱负与才干的空间。“生于忧患，死于安乐”，只有不畏困难、努力奋斗的人才能实现自身的价值。人生的实践活动是积极的、能动的，在客观条件允许的范围内，每个人都可以相对自由地选择自己的人生道路，把握自己的人生，实现自身的价值。

贪婪者以奢侈掩盖精神的空虚，崇高者则以超越自我不断刷新成功的纪录。超越本身、追求精神信念的人，才能达到一定的精神境界。境界是一种精神生活的方式，是一种精神的天地或精神的宇宙。境界虽带有理想的、梦境的特征，但又不是玄妙的、不可捉摸的。

只要我们坚持自己的理想信念，按照它去做平凡的事情，有小小的创造，生命爆发出的小小火花在天地之间就不会感到孤独，有限的生命就可以通向永恒，平凡的生活就会转化为伟大，如吴天祥、徐虎那样。

人们常说“人生苦短”。与历史的长河相比，人的生命是何等短暂。有的人发出“对酒当歌，人生几何”的慨叹，有的人却使有限的人生变得格外充实，使短暂的生命获得超乎时空的意义。

武汉市汉南区政协原副主席、区委统战部原部长匡宗仪同志于1995年2月因心脏病去世，成千上万的老百姓自发前往医院吊唁。今天，他已经走了一年半了，人们仍然怀念他。他是一位真正的人民公仆，是一颗普通的铺路石。他兢兢业业为党的统战工作，为发展汉南做了大量平凡而又琐碎的工作。这位担任了28年县处级、10年局级职务的干部的家里却一贫如洗：用了40多年的老式衣柜已裂开，一台黑白电视机的天线是用旧铁丝拉的，8瓦的灯管用编织袋吊着，一把藤椅用几种颜色的尼龙绳绑着。人们在清理他的遗物时，发现了他已准备好但还没有来得及寄出的饭钱和账单。原来，他每次下农场、乡镇检查工作或抗旱排涝时，都会交餐费。

一位熟悉他的老同事真诚地说：“老匡做的这些事绝不是做给别人看的，否则坚持不了几十年。这是他一生做人的方式，经过几十年如一日的修养、陶冶，形成了一种伟大的人格。”他辞世后，一位党外人士送给他一副对联，上联是“宗法马列为理想奋斗不余力”，下联是“仪效先贤替公仆增辉有口碑”，横批是“匡扶正气”。“匡宗仪”三个字像金子般在其中闪光。[①]

一位诗人曾经吟出这样的诗句：“有的人活着，他已经死了；有的人死了，他还活着。”像孔繁森、匡宗仪这样追求理想境界

① 夏斐、吴良洪：《公仆》，《光明日报》1996年7月9日第1—2版。

的人，肉体生命消殒了，精神生命却仍然放射着光华。然而，我们有的人却纸醉金迷、浑浑噩噩，精神生命早就干枯、萎缩。

个人的价值常常表现为他在满足人类与社会需要方面的价值。爱因斯坦说："一个人的价值，应当看他贡献了什么，而不应看他取得了什么。"人生的价值在于奉献，而不在于索取。人的价值创造体现在他的劳动所创造的社会价值中，体现在他的劳动为社会和人类做出的实际贡献中。在这种人生实践中，人们实现了自身的价值。

就人生道路而言，中国"两弹元勋"邓稼先，优秀干部焦裕禄、朱伯儒，中国女排健将，大庆油田"新时期铁人"王启民，以及千百万优秀人才的人生道路都是奋勇拼搏、勤奋实干的求实创新之路。他们用科学精神、科学态度和科学方法，吃苦耐劳，艰苦奋斗，披荆斩棘，勇往直前。

就人生境界而言，正确的人生观指引我们追求真、善、美合一的精神境界。冯友兰先生把人生的境界分成四个等级：自然境界、功利境界、道德境界、天地境界。如果一个人只能顺其本能或社会风气去做事，对自己所做之事毫无觉解，他的人生境界就是自然境界。如果一个人所做的事，动机是利己的，其事对他有功利的意义，他的人生境界就是功利境界。如果一个人自觉他是社会整体之一员，他自觉为社会利益做各种事且所做的事都有道德的意义，他的人生境界就是道德境界。如果一个人了解到超乎社会整体之上还有一个更大的整体，即宇宙，觉解自己不仅是社会的一员，还是宇宙的一员，他自觉为宇宙的利益做各种事，并觉解其中的意义，这种觉解为他构成了最高的人生境界，那就是天地境界。

我们民族有一种"极高明而道中庸"的精神。就是说，我们要有道德勇气，有强烈的正义感，敢于担当道义，甚至不惜“杀身以成仁”；但在平常的生活中，我们不必做什么惊天动地的事情，在现世伦常的义务中，在某种社会角色和社会位置上，我们每个人都可以非常崇高地生活，忠于职守，不苟且、不懒惰。只要我们对生活有高度的觉解，我们所做的平常事就有不平常的意义。能否成就某种外在的功业，有赖于各种机缘；但只要我们顺着天地父母所赐之禀赋有所发挥创造，我们的内心得到了某种精神的满足，这就实现了我们生活的目的。人存在的价值、人的文化生命的本质，在于成就道德人格。只要挺立了道德自我，以良知做主宰，我们就能超越世间各种境界，超越本能欲望，以出世的精神，干入世的事业。

在市场经济下，克己奉公、积极奉献、全心全意为人民服务的人生观要求我们正确处理几个关系，例如索取与奉献的关系、物质人生与精神人生的关系、个人与集体的关系、小团体主义与国家利益的关系等等。

索取与奉献是对立统一的。人是社会动物，人的衣食住行，人的视听言动，人的物质、精神等各方面需求的满足，人的知性、情感、意志等各方面的表达，都依赖于社会。不仅交通、通信、能源、环境，还有现代人生存不可或缺的教育训练、文化制品，以及社会公益福利，国家、人民财产的安全保障，等等，无不依赖于社会、国家甚至全人类提供。我们每个人对国家、社会所尽的绵薄之力与我们从国家、社会所得到的相比，总是微不足道的。这样来考虑问题，我们就能摆正索取与奉献的关系。

实际上，物质人生与精神人生的关系也是对立统一的。全心全意为人民服务的人生观不是要我们压抑个体、家庭的物质欲求，只是要求取之有道、合理合法。我们不是禁欲主义者，我们肯定人的食色欲求及其他各方面的需要、享受。但作为人来说，物质人生与精神人生是一体的。人之所以为人，人之所以不同于禽兽，就在于他有理想、有道德、有意志，能够自己命令自己，能自觉地在满足他人的社会需要的过程中展示自己的良知善性，从而获得一种精神上的愉悦、理性上的快感和心灵上的满足。精神人生不能脱离物质人生，但高于物质人生。一味追求声色犬马、醇酒妇人，在精神上陷入空虚，那种人活得没有意义、没有价值，不值得羡慕。人之为人，总是要有一点精神，总是要活得像人样，有人味，总是要在内心追求崇高理想，追求精神的充实与境界的提升。

个人与集体的关系、小团体主义与国家利益的关系，也是老生常谈的问题。在市场经济下，这个问题变得突出了。小团体主义是一种放大了的个人主义，是变了花样的利己主义。发展社会主义市场经济有利于解放和发展社会主义社会的生产力，增强社会主义国家的综合国力，提高包括我们每个人在内的全体人民的生活水平，这是我们个人、家庭、小团体利益的根本保证。市场自身的弱点和消极方面反映出来的问题，表现在有的人见利忘义，唯利是图，把个体利益和小团体利益放在首位，不惜贪赃枉法，鲸吞、削弱国家利益、社会利益，化公为私，把国有资产、社会与集体财富变成自己的东西以满足个人的私欲，例如于志安就是这样的负面典型。我们必须牢牢树立把国家利益和人民利益放在首位而又充分尊重公民个人合法利益的社会主义的义利观，以形成健康有序的经济和社会生活规范。

以一个人的财富、地位、声名、成就来评判他的人生成功与否，是极其不够的，那是一种简单、世俗的标准。爱因斯坦说："人们所努力追求的庸俗的目标——财产、虚荣、奢侈的生活——我总觉得都是可鄙的。""我从来不把安逸和快乐看作是生活目的本身……照亮我的道路，并且不断地给我新的勇气去愉快地正视生活的理想，是善、美和真。要是没有志同道合者之间的亲切感情，要不是全神贯注于客观世界——那个在科学与艺术工作领域永远达不到的对象，那么在我看来，生活就会是空虚的。”爱因斯坦还说：“应当防止向青年人鼓吹那种以习俗意义上的成功作为人生的目标。因为一个获得成功的人，从他的同胞那里所取得的，总是无可比拟地超过他对他们所做的贡献。”当代著名物理学家霍金是一个身体严重残疾的人，他头以下都不能自由活动，可是他以顽强的毅力生活着，尽可能自己动手处理工作、生活上的琐事，并取得了举世无双的成就。他的创造和人格多么值得称道！追求一定的人格境界和人格理想，是生命之美。美德来源于内在的人格。人格超过一般的善行。无论是居庙堂之高，还是处江湖之远，无论是面对富贵的浸淫，生命的困顿、坎坷、波折，还是遭遇贫贱的磨砺，甚至身心的凌辱，威武之下，温柔乡中，横财相惑，流言相加，皆能不为所动，这才是人格外显时的光辉。正如孟子所说：“富贵不能淫，贫贱不能移，威武不能屈。”个人只不过是沧海一粟，帕斯卡说：“我们全部的尊严就在于思想。”拥有崇高的思想，便有了人格；有了人格的力量，有了对人之尊严的自我意识，才有了人生的光辉。爱因斯坦说：“在人生丰富多彩的表演中，我觉得真正可贵的……是有创造性的、有感情的个人，是人格。”

修炼健全的人格，将会带我们走进人生的最高境界。这不仅需要良好的教育和不懈的努力，不仅需要苦其心志、劳其筋骨、饿其体肤般的体验，而且还要有足够的理性和悟性，才能探得人生和世界、宇宙共通的奥义。朋友们，无论现代社会高科技如何发展，市场经济如何繁荣，人们的生活如何舒适，无论你多么富有，多么有地位，多么权威，多么成功，多么腾达，多么忙碌或多么悠闲，仍然要面对人生的意义与价值的问题。面对生命的奥秘，需要理想、信仰、终极目标的支撑。今天，有些人的生活的“无意义感”加重了，生存空虚现象更为普遍。其实，人之为人，本来就具有寻求生命的意义的意志和力量，人能够为自己的理想和价值而生、而死。当这种求意义的意志遭受挫折时，或者这种受挫的意志被求享乐的意志取代时，就会引起心灵或精神的失衡，从而需要意义的治疗。

每一个个体的生命都是一段旅程。今天你已拥有，明天可能就丧失。一切金钱、美女、权力、利益、地位、成就，以及身体的健康与否，都是变化无常、把持不住的，人无法保证自己所拥有的。人们游目四顾，神游天外，目的是找寻可以托付自己生命的地方。人类各民族创造了各种文化——伦理、艺术、宗教、哲学，这些文化在成熟之后所产生的文化理想，回过头来安顿了我们的人生。

人生最高的境界是真、善、美的统一，让我们在平凡的生活中向真、向善、向美，求真、求善、求美，追求生命的意义世界吧！

（据 1996 年作者于武汉大学的演讲稿整理）

评所谓“新批判主义”①

《华中师范大学学报（哲学社会科学版）》1996 年第 5 期发表了周晓明、昌切、王又平、邓晓芒四先生批评所谓“新保守主义”的文章，区区拜读之后，未敢苟同，特应编辑先生之约，撰小文就教于四先生和读者诸君。

一、何来“新保守主义”倾向？

继 20 世纪 80 年代文化大讨论之后，20 世纪 90 年代人们进一步正确对待过去被糟蹋得不成样子的儒释道精英文化，深入探讨传统与现代的多重关系，高扬人文精神与价值理性，并对西方理性和启蒙价值的单面性提出批评，对国内日趋严峻的物化的人生观之泛滥和道德的危机、生命本性的困惑进行疏导，取得了多样的积极成果。海内外中国文化研究成果与方法的互动，亦属正常现象。至于有个别人把话说过了头，我看也不必大惊小怪，以为真会影响我们现代化的进程或文化选择。我看没有那么严重。究竟有没有“国学热”和“一种值得注意的思

① 本文是应《华中师范大学学报（哲学社会科学版）》编辑的邀请而作的，刊载于该刊 1997 年第 2 期（1997 年 3 月）。当时，编辑先生只给我这点篇幅，故对邓晓芒先生大作的批评点到为止，然此已足矣，无须多说。

想文化倾向：新保守主义”，我想有一个起码的衡量标准，那就是认字和断句。今天，像我们这些高校文史哲教席的“教授”“博导”们尚不得不借助工具书才能勉强读懂《尚书》《诗经》，大学生们尚分不清四书与明清小说中的四大奇书，还有所谓“著名青年诗人”不知《老子》《庄子》为何物，到德国去闹了笑话。在这种情况下，怎么敢说我们“保”“守”了祖国文化的什么？怎么敢侈谈国学还嫌“热”了？！不要说什么经史子集，高校文科教师能顺顺当当地把最简易的四书读下来且解释清楚的有几人？我看现在倒真是要“保”“守”一下民族文化的瑰宝，需要适当对知识界和国民“启”自家文化遗产之“蒙”，“补”仁爱忠恕孝悌信义之“课”，“扫”人文价值与道德理想之“盲”。

二、克服视域的平面化和单维化

周君的大文批评“向后看”“向回转”的“念旧”情绪，强调“古代”与“现代”、“进步、变革还是退守、守成”的二元对立。王君的提问也十分吓人：“阻遏着、拖拽着中国社会变革的究竟是西方现代文化还是中国传统文化？”他要我们做一个基本的判定和选择。他的意见是，温饱问题尚未解决就不要推广减肥。昌切的文章也说，目前最紧迫的任务是解决前现代向现代过渡的问题，而不要把西方人从现代向后现代转进的问题缠夹过来，企望毕其功于一役。我很能理解这一苦心，同样认为民主与法治秩序的建构及启蒙价值——民主、自由、正义、平等、博爱、人权、理性等，在中国的生根是第一位的。但世界处在两种不同方向重叠的运动中，每个国家都要在不平衡发展加剧的世界中找到自己发展的平衡与重心。东西方都有不少有识之士重新反省西方文明的“现代性”，并重新认识东方传统与现代化的关系。随着地球变得越来越小，话语空间的确显得格外复杂。在这一背景下，我们不能不清醒地认识西方理念的片面性、单向度性和平面化等缺失。其实，人权离不开责任与义务，法律不能代替礼乐教化的功能，个性自由与群体价值观需要互补互动。总之，在生态环境与文化环境上都不应重蹈“先污染后治理”的覆辙，因为我们毕竟有西方与东亚现代化的经验和教训作为参照。这就包括汲取本民族的政治、道德等文化资源，平等地与古人进行心灵交流与对话，吸纳他们的深刻睿智，解决人的意义世界的危机，以及人与天、地、人、我的疏离问题。照我的想法，有的文化人“非今”，只是在人生哲学层面上批评当下的功利、浮躁，绝不是要阻碍今天社会各方面的繁荣进步，“从古”也不是要回到古代社会，而是在意境追求上体味某种理想的真、善、美合一之境。人们有不同的现实关怀、当下关怀，也有不同的长远关怀、终极关怀，文化有不同的层面——政治、经济、社会、民俗、宗教、艺术、哲学等等，为什么只能在一个层面、一个维度上选择其一呢？即使在一维之中，为什么要害怕保持某种张力呢？科学与民主尚不足以作为尺度（特别是唯一的尺度）来衡量东西方古已有之的道德、艺术、哲学、宗教，因为层面不同，深浅有别。我看我们早就应该打破单线进化论的思维框架，打破对西方现代化模式的迷信，超越前进后退、古今、中西、进步保守的二元对峙，肯定古今之别不等于否认中西之异，允许不同价值系统的共存互尊。在各国现代化的历史上，批评现代化的思想和人物总是和现代化并行不悖的，如此才能保证现代化的健康发展。借取一点古代的宝藏，天塌不下来。“孝”“忠”在韩国、日本的现代化中成为助缘，道教、佛教和其他民间宗教在台湾地区的经济生活中起过作用，尽管其间的过程和变化十分复杂，但至少启发我们不要把现代文化设计得那么单一，它是多层多样、多维多态的，且绝不会脱离民族性！

三、驳所谓“文化恋母情结”

邓君说从五四运动到今天，“几乎没有一个人真正理解到鲁迅……以自身为标本对整个民族文化传统的自我解剖、自我批判精神”。他批评回归传统的文人，视之为“传统本身固有的惰性”，并“称之为‘文化恋母情结’，即总是要到文化母体中去寻求现实生活的‘资粮’，好比一个孩子已长大了还不愿断奶”。与周君的极不雅驯的“精神阳痿”相似，邓君亦嗤笑文化保守主义者“都像是些孩子”，有“自恋情结”，“谈起‘道德境界’来好比在做白日梦”。我不知道有没有思想大家（例如康德、黑格尔）是可以不到文化母体中去寻求思想资粮的，也不知道天下有没有一种现代化是可以不从自己的文化母体中寻求现实生活的资粮的。我只知道西方人无比尊重、珍惜自己的文化母体，绝无任何的轻蔑、贱视、毁辱、鄙夷。雅斯贝斯在《历史的起源与目标》中说：“人类一直靠轴心期所产生、思考和创造的一切而生存，每一次新的飞跃都回顾这一时期，并被它重燃火焰。自那以后，情况就是这样。轴心期潜力的苏醒和对轴心期潜力的回归，或曰复兴，总是提供了精神动力。”足见文化的创造动力、源头活水在文化母体，此母体之乳汁滋养着现代心灵，不可断，不能断！文化的发展当然包括对轴心文明（如礼乐文明、六经、诸子及其资源）的高层次回归、复兴，即重新发现其尚未开掘的意义与价值，并做出具有时代意义的转化和阐扬！我相信邓君所说的自我批判与反省的前提，是对传统的深度价值有全面深入的理解，如果只据浮面理解，联想当下社会人生之阴暗面去做挖苦或揶揄，则不能视为自我批判。邓君在他才气横溢的大著《灵之舞——中西人格的表演性》（东方出版社，1995 年）中说，儒家“己欲立而立人，己欲达而达人”，是伪善者以“我”之欲强加于人，“以仁慈、宽厚、体贴的面目，体现着中国传统伦理的专制性和任意性。父母和官员对儿女和子民们滥施淫威，均可振振有词地说成是‘为你们好’；历次政治运动的受害者到死都相信这是为了自己能‘立’和‘达’”。（《灵之舞——中西人格的表演性》第 150 页）我看邓君对儒家这一命题及其他命题的批判就具有“专制性和任意性”。邓君还说庄子的超越只停留在“物”的层次，亦不知所云。这在理解上不相应，隔了一大层，是邓君的毛病。他又说《废都》中的乱交和顾城的杀妻与自杀，并不是中国人现在变坏了，“而是中国人数千年的伦理价值体系已显示出了自身致命的缺陷”。（上书第 122 页）他还说《北京人在纽约》中的王起明的传统道德观念在西方被碰得粉碎，唯一能做的只剩下用手比画一个生殖器的动作，此即根源于中国文化只不过是“传种接代”的文化（他连“传宗”都不用，而用“传种”），“既然我们的传统文化植根于生物学上的传种接代，它就没有能力用真正人性的东西去融化人心中非人性的、兽性的东西，而只是掩盖、包容甚至保存和维护着兽性的东西”。（上书第 122 页）这种批判有什么根据呢？难道中国文化真没有这种能力而只能维护、掩盖、包容兽性吗？作者理解传统精神遗产中大量深邃的真正人性的东西和中国人的核心价值观吗？邓君说：“中国人其实很少懂得真正的情感”，“只有亲情，而无感情”，只有“通过生物种族繁衍的谱系表查阅到的那种家族感情，除此而外就只剩下‘感于物而动’的（同样是动物性的）喜怒哀乐之情”。（上书第 101 页）“中国人的责任感……

总是归结到生物学上的生殖和世代繁衍上去。”（上书第120页）“仁义道德本质上是一种生物界的（虎狼亦适用的）原则，即自然血缘原则。”（上书第121页）按这种说法，中国人只具有动物性。如果所谓“新批判主义”指的是“丑陋的中国人”一类，那我看就没有什么新意。操斧伐柯，其则不远。说中国文化自身没有自我否定、自我超越的内在力量，那它是如何发展至今的呢？反过来说，如果在西方和泛西方化的大潮裹挟之下，没有对自家历史文化的自尊、自信，甚至连起码的同情理解都没有，那么这种“新批判”与“旧批判”有什么本质区别呢？

四、同情理解，理性批导

有人批判传统，却不肯细读传统的原典，也不下功夫理解传统社会与传统文化的种种面相及其所以然，只依凭一两种现行教材或海外三流作家的书。有人批判“文化保守主义”，可是连此名相的确定内涵也弄不清楚，将它混同为政治层面的保守主义。有人批判现当代新儒家，可是连一本批判对象的原著也没有读过，而且也不顾“新儒家”（指宋明理学）与“现当代新儒家”的区别。批判是必要的，但只能是先读书，再批评。四先生当然不在此例。不过王君在大文中把批判传统的自由主义者殷海光、林毓生师徒（林又是西方自由主义大师哈耶克的弟子）与钱穆、杜维明等人都列为“守传统主义者”，又把与当代新儒家颇有分歧的余英时、金耀基也列入其中，且把他们的老师钱穆放在尾巴殿后，足见王君对他所列一大串域外学人的师友渊源、思想分野、变化及定位，都不甚了了，真是“给人一种‘有没有搞错啊’的感觉”（借王氏语）。

我看谁也没有蠢到昌切所说的“自作多情”“回到老祖宗温

馨的怀抱中去”的地步。因为借取传统资源是为了拓新，而且传统本身是流动的。《礼记·中庸》里说道：“万物并育而不相害，道并行而不相悖。”四先生所说和鄙人的陋见都可以并存，但现代社会与现代人生需要多种文化思想资源的陶养。重新拥有各民族自己的文化认同，以多维的视域诠释和转化文化传统，克服“文化资源薄弱，价值领域稀少”的病症及现代人安身立命或终极托付的危机，是全球和我国未来文化建设的重大课题之一。如果一定要用“古今”“先后”这两个名词，我看不妨让一些人做“释古助今”“守先待后”的工作。“守”也很重要，有所“守”才能有所“为”、有所“创”，没有“守”就没有“为”、没有“创”。没有根源性，就没有现代性和世界性。对四先生的“新批判”，鄙人斗胆来一点“新保守”，这又何妨？

（原载《华中师范大学学报（哲学社会科学版）》1997 年第 2 期）

理念·特色·经典导读

1998 年 1 月至 6 月，应哈佛大学的邀请，我到该校访问并做合作研究。同年 3 月，陆登庭校长访华。他访华前曾请该校十几位教授座谈教育理念与中国文化问题。教授们批评校方目前推崇的是权力、财富教育，有违哈佛的理念与传统。陆校长接受批评并做了协调工作。哈佛的传统是通识教育，重视人文精神的培育。哈佛人认为，最佳教育是开放式、创造性教育，不仅应有助于学生在专业领域内具有原创性的思想与能力，而且要创造条件让学生善于深思熟虑，有追求的理想目标和敏锐的洞察力，成为具有自由人格的、完美的、成功的人。哈佛本科生在校的四年中，除在一个主要领域中学习外，还要进行跨学科专业的学习。该校不少教授强调人文学习的重要性，主张理解、吸收不同的价值观念。如本科生的核心课程中，有一类叫“伦理推理”，学校请不同的专家讲授不同的宗教、文化传统的伦理课程，让同学们选修一种。该校规定，每 20 多名学生必须配 1 名助教，助教参加学生的讨论（每周一次），引导学生读书，批解他们的读书报告。助教多由博士班的学生或博士候选人担任。

有的哈佛教授认为，任何复杂的文明都必须发展社会资本，而这个社会资本是看不见的。不能以短浅的目光看待我们教育的效果，最佳的教育不能以美元来衡量。有的教授认为，不能只重视经济资本，还要培养文化人。这就要考虑文化传承、心灵积习。除智力教育、科技方法外，还要培育学生的伦理素养、人生智慧、精神价值、文化能力、道德信念等等。要培育公众知识分子，关心社会，参与政治，批评当下，指引未来，为社会提供价值指导。

美国每一所高校，哪怕是只有一千名学生规模的小小的学院，都有自己的教育理念和传统，办得很有特色与个性，并努力使之保持、传承下去。

这就促使我们扪心自问：我们武汉大学的教育理念是什么？我们教育工作的动力在哪里？我们一贯的教育传统是什么？武汉大学区别于别的学校的特色是什么？我也想把这如是四问提出来就教于师友同仁。我想，百多年来，一代代优秀的科学家、人文学者、教育家，这些前辈师长们薪火相传的最宝贵的精神、最优秀的品格，就是他们的敬业精神、学术良知和做人的根本。他们重视知识的传授，尤其重视智慧的提升、能力的培育，给予学生以探求真理、创造发明的有效的方法学训练，使学生走向社会后能自觉、主动地从事种种工作，在不同领域中充分施展自己的聪明才智。我们武汉大学的传统中是不是有科学精神与人文精神相互交融的特色呢？我们的培养目标是不是学生德、才、学、识并重呢？是不是有那么一种生于忧患、成就人格、兢兢业业、扎实厚重、学问与人品一致的精神呢？另一方面，我们的不足在哪里？有没有明确的教育理念？思想的原创性够不够？在今天浮躁的、急功近利的社会氛围中，我们的学术定力够不够？耐不耐得住寂寞？学术规范遵守得怎么样？这些都值得我们思考。

哈佛是教授治校，职员也不少，但都竭诚为教师服务。美国没有我国目前这么庞大的、一层一层的教育部门。当然，美国也有文牍主义。目前我国的教育机构、体制、管理方式妨碍了教师主体地位的确立，教师实际上处于相对被动、被管理的客体地位。教师的主动性、积极性、创造性没被最大限度激活，怎么能培育出有创造精神的学生呢?

为了培养学生的创造性，哈佛的社会科学与人文学教育十分重视经典的导读。经典包括古代与现代的、本国与外国的学术名著。如宗教委员会博士班的一门叫作“宗教思想家”的必修课（一个学期），大约要研讨十大家的原著，如近现代著名学者詹姆士、涂尔干、韦伯、弗洛伊德、埃里克森、西谷启治等人的著作，还有一些辅助性的书。修课的博士生们每周要交一篇读书报告，隔周还要准备一次讨论发言。他们文科研究生的读书量很大，资格考试前的两三年读得很苦，考试很严，有淘汰机制。博士生的培养计划，一般由三个学术领域组成，与不同的学术方向或相关的学科、专业交叉。如宗教委员会的博士班培养计划的基本三项：一是比较研究，除博士生自己的宗教传统外，还要精研一个自己不熟悉的宗教传统（如基督徒研究佛教，佛门弟子研究犹太教等）；二是传统及文化，即研究一个传统及其产生、演变、发展的文化，例如儒教、道教与中国文化，伊斯兰教与中东文化等；三是宗教及其他专业，如宗教与哲学、宗教与社会学之类。

相反，看我们的文科教学和研究生培养，除学科交叉整合不够外，我感到最不足的是忽视引导学生读经典。几十年来我们一般习惯于用概论加通史（或专史）来代替原典，近十多年来我们更是忙于拼凑各种通论、概论的体系，现买现卖。把这些东西灌给学生，远不如引导学生自己直接去接触原典理解得通透些。古今中外的学术经典著作具有深长久远的滋润作用，给人以创造性的熏炙和不断反刍的空间，是永不枯竭的源头活水。马克思曾经说过，希腊艺术、史诗或莎士比亚的价值是超越时空的，从一定意义上说，那是一种规范和高不可攀的范本。同样的，各民族前现代文明中大量的文学、艺术、宗教、哲学、道德、伦理、历史等方面的经典，西方近现代政治学、法律学、社会学、人类学、经济学、哲学、历史学、文学等方面的经典，都是非常宝贵的资源。问题是我们的学生不会读书，不会读原典。我们需要想一些办法，通过各种方式，按不同层次的学生的理解程度，引导他们直接与本专业和相邻专业的经典相沟通。这比读那些三转手、四转手或读拼凑的东西要意味深长得多。能够以文本原来的语言阅读则更好。要让学生读出原汁原味来，并启发他们领悟经典作家是如何思考问题的。给学生导读经典，实际上对教师提出了更高的要求，难度更大。教学相长，多读经典也可以提升我们文科教师的水平，增强教师的能力。

在论（通论、专论）、史（通史、专史）、典（原典、经典）三者的关系中，我建议凸显“典”，而适度削减原来的泛泛一般之“论”加“史”的结构，尤其是在研究生教学中。世上有有本之学，有无本之学。正如孟子所说：“源泉混混，不舍昼夜，盈科而后进，放乎四海。有本者如是，是之取尔。苟为无本，七八月之间雨集，沟浍皆盈；其涸也，可立而待也。”（《孟子·离娄下》）有本之学如有源之水，滚滚流出，昼夜不停，把洼下之处注满，又继续奔流，一直流到海洋；而无本之学就如无源之水，如七、八月间，雨水众多，大小沟都填满了，但过不久就干涸了。孟子又说：“君子深造之以道，欲其自得之也。自得之，则居之安；居之安，则资之深；资之深，则取之左右逢其原，故君子欲其自得之也。”（《孟子·离娄下》）君子贵在深造自得，即自觉地有所领悟。这就要牢固地打好基础，把握它而不动摇，积蓄很深，才能取之不尽，左右逢源。所以高深的造诣来自自觉地有所得。窃以为，我校的文科教学，包括人文试验班的教学有进一步改善的必要。人文班的课程设置没有打破文、史、哲的界限，仍根据原三个系的课程机械相加，给学生灌了很多概论和专史，时间排得满满的，学生负担很重，消化课程的时间不够，自由创造发挥的空间太小，尤其是没有接触经典。四年读下来，连《诗经》《楚辞》《论语》《孟子》《老子》《庄子》《史记》《左传》和其他许多中西方名著都没有碰过，或者只是在一些概论、通史课中浮光掠影地了解一点点。这样下来，学生没有根源感，没有创发潜能与后劲，这是非常遗憾的。此次我在哈佛参与一些研讨会及博士班的读书活动，深感从我国大陆出去留学的部分学生，英语很不错，西学也很好，但中国学问的根底（如基本典籍，如文字学、文献学、史料基础等）不如来自我国台湾、香港的学生，而问题意识、思考能力、表达辩说能力则不如美国学生。我想问题是出在我们的大学教育甚至中小学教育上，值得我们检讨与反省。附带说一句，我们的大、中、小学生用在英语上的时间、精力是用在汉语上的数十倍，长此下去，会带来非常严重的后果。

总之，我们要培育学生全面发展的健全人格，追求真、善、美合一的理想，调动他们学习的主动性，引导他们学得大智大慧，克服目光短浅、处事功利化、人格虚无化、精神平面化的弊病；改善他们的知识结构，让他们学会直接面对原著经典独立思考，把读书、思考、实验与写作结合起来，把知识、技巧、能力与方法结合起来，使他们走出校门后经得起摔打磨砺，有谋生的本领、坚韧的精神，又有创新的潜力，充实丰富自己的人生。有根源性才有原创性。为学在严，为人要正。根本的问题在于要提升我们教师自身的文化底蕴与精神素养，决不放弃对理想境界、生命意义与人生价值的追求。

[原载《武汉大学报》1998 年 12 月 10 日；后收入《面向 21 世纪的哲学教育》(《珞珈哲学论坛》第五辑)，湖北人民出版社，2000 年]

以仁心说，以学心听，以公心辨

——略说批评与反批评的风格

标题引自《荀子·正名》，说的是君子应具备的言德、听德和辨德。其下文是："不动乎众人之非誉，不冶观者之耳目，不赂贵者之权势，不利便辟者之辞；故能处道而不贰，吐而不夺，利而不流，贵公正而贱鄙争，是士君子之辨说也。"《荀子·不苟》亦强调"君子能则宽容易直以开道人"。所谓"君子"，大体上应有这样的风度："宽而不僈，廉而不刿，辩而不争，察而不激，直立而不胜，坚强而不暴，柔从而不流，恭敬谨慎而容。夫是之谓至文。"此处的"容"字，梁启雄以为是"裕"字，即优裕之意。辩说时难免激动，但要力求从容，如黄庭坚诗"至静在平气，至神惟顺心"。至静至神做不到，平气总是该做到的，否则于身体不利。《荀子·修身》亦指出："非我而当者，吾师也；是我而当者，吾友也；谄谀我者，吾贼也。故君子隆师而亲友，以致恶其贼。好善无厌，受谏而能诫，虽欲无进，得乎哉！"这些原则，我想对我们今天的学术批评乃至做人，仍然是有价值的。当然，荀子学派的学术批评是否做到了这些，例如《非十二子》《解蔽》等篇对先秦诸子百家，对儒家思孟、游夏诸派的评价是否公允，那是学术史上的公案，则另当别论。

"长江《读书》奖"之公案，鄙人本不敢置一词，倒不是怕得罪人，做个乡愿，实在是没有多少发言权。经友人推荐，从网上读到一些介绍此次评奖之来龙去脉的文章、批评与反批评的文章，既受到启发，又有些忧虑。鄙人希望学术界的朋友们多一些仁厚宽容之心，在批评与反批评中多一些理解与沟通，多一些涵养和雅量，真正做到“以仁心说，以学心听，以公心辨”。有的先生尚且没有把基本事实弄清楚，或是没有把别人的话听完，或者连作者都来不及确认，听到风就是雨，暴跳如雷，大打出手，未免太失风度。有的文章尖酸刻薄，极尽挖苦讽刺之能事；有的文章上纲上线，或者摆出绝对真理、毋庸置疑的态度，或者划派站队，或者清算旧账；有的反批评的文章亦以牙还牙。总之，颇有点“文革”遗风，让人觉得是在看“大字报”，或者至少是感到有的文章的作者多少有点意气用事。胸中有不平之气，遣于笔端或键盘，亦是一种消气的方法，可以理解。

孔夫子的恕道其实是很重要的精神资源，“己所不欲，勿施于人”实在是黄金律！当然，今天的论者是不屑于孔子的，经常拿孔子开涮，那么晚年胡适的话——“容忍比自由更重要”，总该听听吧！我想我们要调整、提升、培育我们的批评与反批评的风格，使我们的学术批评更有理性，更有深度，设身处地，推己及人。

我对“长江《读书》奖”的批评与评论这件事本身给予很高的评价，虽然如前所说，有的批评有些缺失，但批评与评论本身是极有意义的，至若提高批评的水平，用一句套话，那则是前进中的问题。批评不仅仅涉及程序公正的问题，也不仅仅针对今天的官私评奖或评这评那，它反映了民间舆论对社会净化的参与之重要。我们当下的社会，官商学纠缠在一起，时有贪腐之事发生，而得不到及时的批评。社会的言论空间不够，而且动辄就有人在你头上鸣鞭。在这种情形下，“长江《读书》奖”引起关注，实在是理之固然，势所必至。换句话说，人们当然想批评大大小小的成克杰等贪官，但在他们被官方通告之前，批评是不可能的，既被抛出，评论也是受约束的。例如我看了报上公布的成克杰的材料，我就十分惊异，他这个官怎么有这么大的权！他要什么就有什么，要给谁就给谁，要贷多少款就有多少款，比自己开银行还方便。是谁给他这么大的权？为什么不能在制度上制约这些大大小小的一、二把手或这班子、那班子。民间读书人既不可能批评他们，也对官方评奖无可奈何，而“长江《读书》奖”恰恰为我们提供了批评的靶子与机会！“怎么文人也这样！”如是在尚未弄清事实之时便引起了轰动！我同意这种说法：批评“长江《读书》奖”可以成为一种示范，它告诉人们，做任何事，只要是带有社会性、公众性的，你就得力求公平、公正、公开，就得准备接受公众的批评与监督。不仅要有程序民主，而且要防止有人借口所谓程序公正，动辄以投票（更多的是没有合法性的投票）来掩蔽实质的不公正！公民，特别是知识分子，要批评当下，要纯洁世道人心，当然要从自身做起。

“长江《读书》奖”的评奖本身，仍然是有规矩的，虽然经验不足，但不能夸张为学术腐败，甚至夸张为创学术腐败之新高。平心而论，评出的那几种论著，还是很不错的。与官方组织的评奖结果当然有所不同，没有那些应景的、非学术的作品。就此而论，似不能把这次评奖说得那样不堪。但主编、评委获奖，至少说明未实行回避制，与自己定下的游戏规则有悖，不能不说是一大瑕疵。

批评者当然是有“前见”“前理解”的，即不可能不涉及汪晖主政后，《读书》杂志的办刊方针与方式。有一些批评是值得《读书》编辑部反省的。如说《读书》越来越没有什么读头，作者的圈子越来越小，鄙人亦有同感。鉴于《读书》的历史贡献和该刊对吾辈的养育，我们对这一杂志总是怀着深深的眷念之情。但一定要说近几年《读书》的立场是所谓“新左派”，我看也未必。

其实，中西之自由主义与保守主义都是难分难解的，有的人甚至一身而二任（如哈耶克、徐复观），因此我们大可不必营垒分明、两军对战、唯我独革、恶言相向。按今年（1999年）故世的哈佛名教授史华慈先生的说法，尤其是中国近世以降的自由主义、激进主义、保守主义，其实是在同一思想架构中运行、互补互动的三大思潮。或者可以说，今天我国倾向于政治自由主义、文化守成主义的人，可能有共同的文化背景、共同的思想预设，甚至共同的情结与行为方式。前不久，我请胡佛研究所的墨子刻教授来敝校讲学，他讲到了这个问题。他说，中国的自由主义者容易把西方的自由主义看得很神圣，其实是理想化了自由主义。据他研究，中国的马克思主义者冯契、文化保守主义者徐复观、自由主义者殷海光，他们的思想底层都是相同的，都有乌托邦主义的情结。他的意思是，我国知识分子缺乏具体分析的精神，习惯于笼统地追求真、善、美的统一，爱提一些大而无当的"中国向何处去"的问题，乃至于把任何具体的问题都与"中国向何处去"联系起来，对任何人或事的要求都是真、善、美统一的境界，如果达不到这一境界，就要穷追猛打、"挖祖坟"。这样的对人对事的高标准、严要求，势必缺乏健康的心态和批评的风度。因为这往往会产生"爱之欲其生，恶之欲其死"的心态，如要主张一个什么东西，就把它绝对理想化，如要反对一个什么东西，也就把它极端丑化。墨子刻说，当年在台湾，他与徐复观、殷海光时相过从，深深感到二人所代表的知识分子对老蒋政府的批评的风格有问题。当然，老墨是一个自由的保守主义者，他在饭桌上常常抓住席间闲聊时我们对贪污腐败的抨击，认为我们夸大其词，批评的风格有问题。意思是说，你只能依据确凿的材料具体地说某人贪污了多少，不能笼统地说"洪洞县里无好人"。我们戏称他是"帮闲"。

在此次论战中，批评的一方与组织评奖的一方（后者亦是反批评的一方），一个共同的预设或情结，是悬置了一个太高太完美的理想。双方的期望值都很高，都把这次评奖看得太神圣。其实，正如一些论者所说，它不过是一个刊物拉来一笔赞助，奖励几种论著而已。

学术腐败的根本问题仍然是体制问题。为了各单位的排座次或所谓评价体系、指标体系，各高校、科研机构出台了一系列的奖励政策，凭发表文章的所谓权威、核心报刊的级别，发表论著的数量，获得不同等级的奖励，并与评聘职称、职务、工资、补贴、分房等挂钩。这正是学术腐败的土壤。所有这些，不可能不刺激、催生出大量的泡沫，以致完全不讲学术规范的所谓论著批量出笼。这种导向，不顾学术自身的发展规律和国家、民族、科研机构的整体发展和长远的利益，不顾学者个人的积累和长期发展，一切讲求短、平、快，急功近利，杀鸡取卵。现在是一个功利的时代、泡沫的时代，而一切学术，特别是人文学，恰恰需要积累。社会科学，尤其是人文学，是不能按自然科学中理科或工科的标准加以衡量的。陈寅恪、梁启超、熊十力、梁漱溟，哪里上过什么权威、核心期刊或 SSCI（社会科学引文索引）？他们有什么学位？他们有的恰恰是创造性！

安徽《学术界》最近的四期，据实细腻地披露了一批学术上的假冒伪劣产品，学术批评开展得好！附带说一下，我最近在书肆中看到河南大学出版社出版的《当代中国哲学思想史》，其中有关熊十力的部分全部是抄的拙作，可以说没有此书“作者”的一句话，只是把我的东西移花接木、东拼西凑而已，“作者”根本就没有看熊之原著。此书有关其他思想家的述评，我未及细看，估计好不到哪里去。又，西北大学出版社 1996 年出版的《文化学引论》，从架构到材料，不过是拙作《文化学概论》（湖北人民出版社，1990 年）的重复并扩充而已。以上“作者”以为在参考书目上列了某书，就可以堂而皇之地大宰大割了，这可能主要是不懂学术规范所致。

孔子说“行己有耻”（《论语·子路》）、“知耻近乎勇”（《礼记·中庸》），孟子说“人不可以无耻，无耻之耻，无耻矣”“耻之于人大矣。为机变之巧者，无所用耻焉”（《孟子·尽心上》）。羞耻对于人关系重大，以机谋巧诈骗人的人，是不知羞耻的。君不见，有那么一些人靠抄袭、拼凑过日子，俨然是大家、新秀，频频亮相于媒体，是不知耻也！在今天浮躁的世风面前，公开披露这些人，开展学术打假，整饬学术纪律，重建学术规范和谨严学风，很有必要。

（原载《学术权力与民主》，鹭江出版社，2000 年）

熟读《孟子》 终身受用

——《孟子思想讨论集》序

同学们学习“中国哲学史”课程，而我有幸给大家上课，与大家一道切磋琢磨中国智慧。每一学期，我都组织同学们围绕一家或一本原典进行课堂讨论。本次我们讨论孟子哲学，同学们读了原著，写了习作，开展了讨论，又把习作修改后打印成册，这是件很有意义的事情。《孟子》这部书，是中国文人必读的书。传统社会的文化人，起码要熟读《左传》《史记》《孟子》《庄子》《离骚》，这是人文修养的需要。傅斯年（孟真）先生是真正有见识、有理念、有眼光的教育家，他当台湾大学校长时，要求所有文、法、理、工、农、医等科的大学生必修两门课：大一上学期修《孟子》，下学期修《史记》。可惜今天有这种见识的校长已不多见了。今天，有的人崇尚功利主义，一切都巴不得立竿见影，殊不知一个健康的社会，一个健康的人，是需要心灵的浸润与养育的。灵性的消解或钝化是人之生存的大危机。一切事体、一切学科都急功近利，恰恰是以牺牲人类、族类、团体和个体的长远价值和多种潜力为代价的。即使讲功利，然长远的、子孙后代的功利却鲜有人考虑。这正应了一句老话：“人无远虑，必有近忧。”

孟子在当世与后世都被人目为迂阔者，但孟子的光辉却从未被掩蔽过。一个健康的社会，其实需要“迂远而阔于事情”的人，保持距离，反思并批评当下。对现代化、全球化，我亦作如是观。

孟子关于人性的讨论，是从人的情感——不忍人之心、恻隐之心出发的。人的道德直觉、道德担当，以及当下直接的正义冲动，并没有任何其他的功利的目的。你内心有一个无条件的道德要求和绝对命令，使你不假思索地去做。人作为道德主体，自己为自己下命令，自己支配自己。孟子把良心称为本心，本心是性善的基础或根据。良心、本心是上天赋予的，“此天之所与我者”（《孟子·告子上》）。孟子指出，仁义礼智这些道德意识，源于本心，只是人们常常不能自己体认良心、本心，因此需要常常反躬自问，自省自己的良心、本心。他说：“万物皆备于我矣。反身而诚，乐莫大焉。强恕而行，求仁莫近焉。”（《孟子·尽心上》）这里所说的“我”具备了一切，不是指外在的事物、功名，而是说道德的根据在自己，元无少欠，一切俱备。在道德精神的层面上，探求的对象存在于“我”本身之内。道德的自由是最高的自由，不受外在力量左右，因为道德的行为总是自我命令的结果。反躬自问，切己自反，自己认识到自己的行为无愧于天人，就是最大的快乐。不懈地按推己及人的恕道去做，通达仁德的道路没有比这更直接的了。他说：“尽其心者，知其性也。知其性，则知天矣。存其心，养其性，所以事天也。夭寿不贰，修身以俟之，所以立命也。”（《孟子·尽心上》）仁义礼智是天赋予人的本性，充分扩张善心，就能体知这一本性，也就可以体验天道，懂得天命。保持本心，培养本性，才能侍奉上天。短命也好，长寿也好，我们都要悉心修养身心，善待天命，这才是安身立命之道。孟子把心、性、天统一了起来。“天”是人的善性的终极根据。

孟子的性善之善，是超越层面的善，是无对待的善，是超出经验层次之善恶对待的。换句话说，此善不与恶对。孟子当然清楚人在事实经验上的恶行，对杀人盈城盈野等予以批判，但他肯定天赋的善性，力图将它引导、扩充出来。

孟子的社会政治思想是以他的性善论为前提的。正因为人有“不忍人之心”，所以才能行“不忍人之政”。他把道德仁义推行到社会、国家的治理之中。他提出“亲亲而仁民，仁民而爱物”（《孟子·尽心上》）的推恩原则，反对“以力服人”的“霸道”，反对以暴力强迫百姓，主张“以德服人”的“王道”，爱护百姓，指出只有不喜欢杀人的人才能统一天下。“仁政”的目的是为民。因此，仁政首先要养民、富民，制民之产，安顿百姓的生活。在丰衣足食的情况下，百姓不会胡作非为，并接受教化。他说：“无恒产而有恒心者，惟士为能。若民，则无恒产，因无恒心。”（《孟子·梁惠王上》）

孟子“仁政”思想是对孔子“德治”“重民”思想的发展。他提出了“民贵君轻”的著名思想。在治理国家、统一天下的问题上，老百姓是最重要的，国家政权是次要的，国君是更次要的。君有过错，臣可规劝，规劝多次不听则可推翻他。残暴的君主是独夫民贼，人民可以起来诛杀他。这是孟子思想中可贵的民主性精华。孟子的民本思想对历代批判君主专制的思想家影响很大，成为中国重要的政治资源。专制帝王朱元璋当皇帝后，害怕《孟子》，下令“删孟”，一度删掉了令专制帝王胆战心惊的文字。

孟子十分重视人格独立和节操。每每向诸侯进言，他从不把诸侯高高在上的地位放在眼里，决不被那些“大人”的权势吓倒。他有“说大人，则藐之，勿视其巍巍然”（《孟子·尽心下》）的气概。他引曾子的话说：“彼以其富，我以吾仁；彼以其爵，我以吾义，吾何慊乎哉？”（《孟子·公孙丑下》）孟子有着自由知识分子的骨气和傲气，有着“舍我其谁”的气魄、胆识。他发展了孔子关于“德”与“位”的矛盾学说，举起了“以德抗位”的旗帜，对后世知识分子有极大的影响。

孟子有“天爵”“人爵”的区分：“有天爵者，有人爵者。仁义忠信，乐善不倦，此天爵也；公卿大夫，此人爵也。”（《孟子·告子上》）天爵是在价值世界里才能达到的境界，而人爵只是世俗的功名利禄。天爵作为精神世界里的高尚道德、人格的尊严，操之在己，求则得之，不可剥夺。因此，君子所追求的是天爵而不是人爵。孟子认为，道德原则或精神理想是人自身所具有的，而不是依赖他人赐予的，是最为宝贵的东西，这就是“良贵”。别人给你的贵位不是“良贵”，别人可以给你，他也可以夺去；“良贵”是自身具有的，是不可让渡的。

孟子还创造了“浩然之气”这一名词。他说：“我善养吾浩然之气。”“其为气也，至大至刚，以直养而无害，则塞于天地之间。其为气也，配义与道；无是，馁也。”（《孟子·公孙丑上》）保养了这些道德情感，恢复四端之心，使这些气来配合道义，这样，面对任何安危荣辱、突发事变，就无所惧、无所疑，能担当大任而不动心。浩然之气是天地之气，也是我们生而有的气，只要不人为地伤害它，而善于保养它，就能合乎道义、辅助道义。他提出了一系列“存心”“养气”“求放心”的修养方法。他本人正是傲然屹立的人格典范。

孟子提倡宽宏刚毅、坚定不移的气节和情操，崇尚死而后已、无所畏惧的弘道精神。在生死与道德发生冲突时，“生亦我所欲也，义亦我所欲也；二者不可得兼，舍生而取义者也”（《孟子·告子上》）。这种冲突，实质上是人的自然生命与人的品性尊严之间的冲突。孟子所倡导的道德选择表现了超乎自然生命的善的价值之极致，表现了人为人格尊严而牺牲的弘道精神。孟子笔下“立天下之正位，行天下之大道”的“大丈夫”的行为标准是：“得志，与民由之；不得志，独行其道。富贵不能淫，贫贱不能移，威武不能屈。”（《孟子·滕文公下》）这种弘道精神和崇高人格曾激励了我国历史上无数的志士仁人。

在利益和仁义发生冲突时，孟子主张把“仁义”放在首位，提倡先义后利。他主张做官要“求之有道”，提倡独善其身与兼济天下的统一。不论处在什么样的境遇、场合中，人选择道德还是非道德，如何选择人生道路，怎样保持独立的人格和气节，终究是自我做主的事。这就是孟子“仁义内在”的要旨。

孟子的思想对我们做人是很有启发的，熟读它，可以终身受用。

是为序。

郭齐勇

辛巳（2001 年）立冬日

大学的教育理念与目标

一、从课程设置说起

自 1952 年按苏联模式进行“院系调整”起，我国高等教育基本上是分科式的专门教育，培养的理想范式是专业技术人才。即使是综合性大学，其内部也严重分割，缺乏科系之间的互动与整合。今天，我国综合性大学本科生的课程设置已有了不少改进，例如增设了跨学科的公共选修课，让各院系学生交叉互选，每一位学生至少要有 10 学分的公共选修课程。此外，不少院系把“大学语文”列为必修的公共基础课程。[①] 但总的说来，本科教育基本上仍按公共基础课（必修）、专业基础课（分必修与选修）、专业课（分必修与选修）三大块设置，这仍然是专业人才的培养模式而不是通才的培养模式。其中，师生意见较大的有：一是公共基础课中，政治理论课 6—7 门，教学效果甚微；二是专业基础课与专业课设置过于狭窄。一些政治理论课的内容，脱离人类文明的精神资源与现代社会人生之实际，没有达到培养学生健全的人格、志向、情操、公民意识、处世能力的目的；而过于狭窄、太

---

① 武汉大学教务部组编《武汉大学本科培养方案》，武汉大学出版社，2002 年。

强调实用性的专业基础课与专业课，使学生在知识面、智力与方法论上，均难以面对现代多元文化和学科的综合发展。其实，现代科技发展日新月异，越强调实用性的课程，到头来越没有实用性。有一些专业课其实是不必设的，学生们可以无师自通。我以为，大学教育要放宽胸襟，着眼于长远的未来，克服实用主义的偏向。大学教育、课程设置要有弹性，不能太死板。

现在我们注意到理、工、农、医等自然科学、技术学科的学生，文、史、哲、艺、宗教、语言等人文学科的学生，经济、法律等社会学科的学生在知识上的互补，人文与科学的交叉，特别是人文教育或素质教育的提倡与重视，已卓有成效。从人性的养成来看，不论学什么专业的学生都需要人文的陶冶与性情的养育，都需要接受人文的教化。学习人文学，主要不是学知识，而是学智慧，是体验、丰富、提升人生的内涵与境界。人文学工作者拿什么来满足大学生的人文需求呢？在他们最珍贵的大学生涯中，我们要提供什么最有价值、最值得学习的东西呢？

目前，我们课程设置上反映出的另一方面的问题是，四类课程（公共基础课、专业基础课、专业课、公选课）多为概论课，即二级或三级学科的某某学或某某学概论、通论、原理、通史、断代史等。在人文学与社会科学各院系的课程设置中，极少有以导读古今中外的经典为内容的课程，这是中西方文科专业类、通识类课程设置上的最大的区别。国外名校文科的课程设置，多以历史上流传久远的名家名著、经典为教学内容，通过师生反复研读，反刍其原创性的内涵。[①] 而国内素质教育课程（又称通识教育课程

---

① 黄俊杰：《大学通识教育的理念与实践》附录一、附录二有关美国、日本教育的考察报告，台湾大学出版中心，2015 年。

或公共选修课程），乃至文科基础、专业课程仍流于一般概论原理或通、专史，包罗万象，面面俱到，或是貌似严整实为拼凑的体系。有人认为：读经典，读几部书，知识面不是更狭窄了吗？修若干门概论，知识面不是更宽一些吗？这种认识是有毛病的。马克思在《资本论》手稿里指出，精神文化的繁荣与社会的进步发展是不成比例的，希腊史诗、哲学、艺术和莎士比亚，仍然能够给我们以精神的享受，“就某方面说还是一种规范和高不可及的范本”。[①] 文明史上的经典是高不可攀、不可替代的。例如《荷马史诗》与《诗经》《楚辞》等，尽管其中不免有历史的局限，但今天人们浸润其中，仍然能吸收到丰富的营养。指导同学们直接读文明史上具有原创性的经典，与思想、文化、艺术、哲学大师做心灵沟通与思想对话，所获得的精神上的满足是全面、深厚的，而不是片面、浮浅的。他们可以从中学会品鉴、欣赏、享受高雅的精神产品，学会读书的方法，求取新知，丰富自己，拓展兴趣爱好，进而陶冶人格与人性，使之深化而完美。读经典、诠释经典，是创造式的、对话式的、身心交融的，而读概论则是被动的，是把老师嚼过的馍再喂给学生，硬灌给学生。当然，我并不一概反对概论和通、专史体系的教材与教学，其可以提要钩玄，方便初学的学生把握一些基本知识，但如果所有的课程都这样，那就有问题了，至少应有一部分课程是原典教学。实际上，我们可以尝试针对不同科系、不同层次的学生，用不同的中西文版本，导读不同或同一经典。台湾通识教育的推动者和研究专家黄俊杰教授分析了西方、日本对大学生进行人文教育的不同模式，特别评析了斯坦福大学、芝

① 详见《马克思恩格斯全集》第四十六卷上册，人民出版社，1979 年，第 48—49 页。

加哥大学以古今的经典（包括古希腊、中世纪、近现代的大师名著，也包括东方的经典，如《论语》《孟子》《老子》《庄子》等）作为课程教育的中心的经验，很有价值。“近百年来美国的经验显示：以经典作为通识核心课程，是传承文化价值的有效方法……应该成为知性与理性迈向成熟的大学生所共享。”[①]目前，我们的通识课、公选课太泛太滥，应逐步形成以代表历史文化精华的中外经典为主要内容和教材的核心课程，其中一部分课程旨在帮助学生学会尊重、理解我们的民族、历史、文化及其精神价值。

我个人 1998 年在武汉大学教育思想大讨论中发表了《理念·特色·经典导读》[②]一文，以哈佛大学通识教育中的核心课程及专业课程为例，指出本科生与研究生教学、教材中应逐步改变概论加通、专史的结构，突出经典导读。我院近年来创办的中西比较哲学试验班、国学试验班的课程设置，以古今中西大传统中最著名的十多种经典导读为主要课程，让学生直接读具有典范意义的原著原典，在文科教学方面突破了近五十年的旧传统。

二、大学的定位：功利性与实用性之反省

课程的设置从一个侧面反映了教育理念与目标。当前讨论现代大学教育理念与目标问题，我想主要是针对太过功利性、实用

---

① 除前揭黄俊杰书外，又请见林孝信、黄俊杰：《美国的经典通识教育：经验、问题与启示》，载黄俊杰编《大学理念与校长遴选》，台湾通识教育学会，1999 年，第 117 页。

② 拙文发表于当时的《武汉大学报》，后收入《面向 21 世纪的哲学教育》（《珞珈哲学论坛》第五辑），湖北人民出版社，2000 年。

性或为技术而技术的目标问题。大学教育为国民经济建设服务的口号当然是对的，但又是不全面的，因为这种服务不是直接的，或者说不完全是直接的。它通过培养一代又一代具有良好教养、全面发展的人才，来服务于国家、民族、人类的长远的利益。适当的功利性要求，例如对大学提出促进公共服务与经济发展、承担一定的社会责任的要求并不过分，但把教育当作"产业"来办，肯定是有问题的。把教育与浅近的政治或经济目的直接挂钩，已经使我国高等教育付出了不少代价，浪费了不少本来就不丰厚的教育资源。

为德国教育现代化做出重大贡献的哲学家费希特指出，教育首先是培养人，不是首先着眼于实用性，不是首先去传授知识与技术，而是要去唤醒学生的力量，培养他们自我学习的主动性、归纳力、理解力，以便他们在无法预料的未来局势中做出有意义的自我选择。教育是全民族的事，要教育的是整个民族！德国"教育之父"洪堡认为"科学首先有它的自我目的，至于它的实用性，其重要意义那也仅仅只是第二位的。当然，对真理进行的这种目标自由式的探求，恰恰能导致可能是最重要的实用性知识，并能服务于社会"[①]。在费希特、洪堡看来，实用性服务现实，只是高等教育与科学研究的结果之一或副产品，不是出发点，也不是目的，不占第一位。

大学教育不是向学生灌输现存的既定的知识。洪堡特别强调大学教育与科学研究的"反思性"问题，指出必须培养学生对真理与知识永无止境的探求、创造性与不断反思的精神。他认为"科

① 李工真：《德意志道路——现代化进程研究》，武汉大学出版社，1997年。

学是一个整体，每个专业和学科都是从不同角度对生活现实的反思、对世界的反思，对人的行为准则的反思”。“科学是与高等学校联系在一起的。唯有通过对学术的研究，与科学的交道，对整体世界的反思，才能培养出最优秀的人才。大学生要学的不是材料本身，而是对材料的理解。唯有这样，他们才能形成自己独立的判断力和个性，然后他们才能达到自由、技艺、力量的境界。”洪堡还指出：“高校的生存条件是孤寂与自由。这就是‘坐冷板凳’和学术自由，国家必须保护科学的自由，在科学中永无权威可言。”[①]

据德国现代化研究专家李工真教授的研究，德国的高等教育之所以成为世界现代高等教育的典范之一，乃在于他们自 18 世纪至 19 世纪中叶，逐步形成了一个传统：第一，大学的教师与学生，首先要摆脱对出身的依赖和对工商职业利益的兴趣。大学要与“社会实际政治与经济利益”保持距离，使大学、教授、学者具有相对的独立性，使之成为国家与社会上的一支校正力量，校正那些不能把社会引向健康的东西，哪怕是成为强势或话语霸权的力量。第二，大学是研究者的共同体。不断研究不为人知的东西，发现新规律，不断向真理接近，积极、永恒参与学术探讨，保持研究的独立性、独创性，是大学教授们的最高的道德义务和原则。国家、大学必须有一套竞争、淘汰机制，保障、激发青年学者献身于科学研究，向已形成的舆论和权威挑战，冒着与他人在学术上冲突的危险，扫除门户之见，克服非学术因素的干扰，取得学术上的真正突破与创新。第三，大学一定是综合性的大学，

---

① 李工真：《德意志道路——现代化进程研究》，武汉大学出版社，1997 年。

它不同于地区性的学校，不同于专业高等学校，不同于工科、实用学科的专业化分工的学院，更不是职业训练所。因为大学强调综合、广博，提供最高等的教育，强调人文教养、人文底蕴、人文积累与科学自由精神，不允许定位为仅仅是科学知识和技术的推广和应用。大学生有学习的主动性、自觉性、自主性和充分的学习自由。大学实行的主要是讨论课（Seminar）教学法。大学生可以独立进行研究，自由进入图书馆，进行同学结伴式的自由讨论。青年人要离开大学时，应是一个和谐发展的人，而不只是作为一位专家，或是仅仅受过专业知识训练的人。要成为一个和谐发展的人，则需要培养全面的自我辨别力，这取决于自由而全面的教育。①

由上可知，思想独立，学术自由，具有创造精神，与社会热点潮流、商业化的大众文化保持距离，培养人才的全面性、反思性，培养和谐发展的人，是大学与大学教育的灵魂。这与把大学教育功利化、实用化、技术化、短时效化和人才培养目标上的单一性、工具性、职业化、无批判性的见解是格格不入的。用极端功利主义、实用主义和工具理性的思维考察大学与大学的科研、教学与学科建设，在收益成效上，不分青红皂白一律都要求短、平、快，立竿见影，立等可取，这种短视的观点、短期的行为，是十分有害的。目前的大学管理部门缺乏中国智慧，不懂有为与无为的关系，缺乏弹性。他们真是去“管”教授，而且“管”得细密琐碎，根本上是以不信任教授为前提的。对大学教育及教师的许多评价指标、量化标准或考核体系暴露出了诸多问题，重量不重质，完全

---

① 李工真：《德意志道路——现代化进程研究》，武汉大学出版社，1997 年。

丧失了学术品鉴的能力，如以刊物的所谓级别判定论文的水平等，一味强调形式、噱头、花架子。庞大的教育机构出台的很多做法，特别是评价体系的导向，不讲学养，不要积累，鼓励出很多无用的垃圾或泡沫，无异于杀鸡取卵，这很可能断送大学教育的前途。这还不仅仅指令大学教师不堪其扰的文牍主义及形式主义，例如名目繁多的报表，无休无止、鼓励钻营的申报、评奖、评估、检查、答辩，以及其所造成的人力、物力、财力资源严重浪费的问题；也还不仅仅是用工科思维、工程方法去评价人文学术或社会科学，在尺度上、参考系上根本无视学科特点的问题；也还不仅仅是目前官僚化的评价机构、评价指标与体系本身的问题，即成为学术腐败的真正渊薮的问题。事实上，它事关大学的理念与目标。

三、大学教育的理念与目标：传承文明、造就健全的国民、培植社会资本

各大学可以有不同的办学理念与目标，但其共性的内容有以下三方面：

其一，大学当然要为社会服务，但不能只定位于为现实政治经济服务。大学担负着文化传承与文化积累的责任。大学的目标首先是人类与族类文明的传承，即在同情理解前现代文明的基础上，把人类各地域、各族群的，包括本土本民族的语言、文学、历史、宗教、伦理、道德、艺术、哲学、经济、社会、政治、科学、技术等文化资源，通过重新翻译、理解、诠释、交流、沟通、融合，批判地继承与创新地转化，代代相传。通过深入研究与教育，促使人类、族类文明与文化的传承、扬弃与发展，是大学的使命。全球化绝不意味着本土文化资源的消解，恰恰相反，全球化要求

我们发掘本土知识的普遍价值。

其二，大学担负着培植社会资本与文化资本的重任。十年树木，百年树人。大学的目标还在于培养出大批有个性，有创造精神，有判断力与道德人格，有不断学习、终身受教育与自我完善之能力的个体——他们同时是能自由发展并具有社会批评与文化批评能力的公众知识分子，他们中的一部分人应当成为社会的良知。大学培养出来的学生，不论将来从事何种职业，不论在日后的社会实践、专业实践上积累多少经验与本领，他一定要有相当的人文素养，具有社会参与的热情与能力，有理性批评的态度，且有世界性、人类性的关怀。这也就是我国古人所说的“民胞物与”的境界。哈佛大学杜维明教授指出：“知识分子必须要有专业知识，不论是学术、企业、媒体或政治，都需要专长……但除了专业本领以外，一定要有相当深厚的人文关怀，才配做知识分子……自然科学家也可以培养深厚的人文关怀。值得注意的是，在人文学领域里的语言学、文学、历史、哲学和宗教，都是人类自我反思的学问，既是个体又是群体的自我反思。”“能不能为大学生的自由发展、自我实现和自我完善提供条件、创造环境，是评断大学素质的重要标准。培养批判精神，包括政治、社会和文化批判，也是大学的目标。”[①] 富有人文关怀的健全的公众知识分子，可以从广阔的视野考虑整个社会的政治、经济、法律、教育、文化、道德、伦理（例如科技伦理、生态伦理、全球伦理）和社会心理等问题，针砭时弊，提升社会理想，指导社会良性、健康地发展。

其三，作为大学教育目标之一的社会服务，是通过对人类与

---

① 杜维明：《文化中国的认知与关怀》，稻乡出版社，1999年，第47页。

民族文化的积累与传承，通过对具有自由人格，有理想有教养，具有自我完善、自我批判和社会批判能力，自尊且尊重别人，敬业乐群又尊重自然的人（我们称之为“健全的国民”）的培养来实现的。现在有一句时髦的话叫“效率优先”，但办教育不能要求有太快的效益与回报。对社会、对民族、对国家、对人类的服务，需要从长时效的视角来观察，不能理解得太直接、太狭隘。从直线性的“投入”与“产出”的观点来看待大学教育的“投入”与“产出”，是有毛病的。大学“产出”的不是器物，不是工具，而是活生生的“人”，是具有全面发展潜能的健全的国民。

台湾社会学家杨国枢教授指出：“大学教育必须同时达成五大类目标：（1）培养大学生对自己内在身心特质的了解；（2）培养大学生求取新知的方法与能力；（3）培养大学生适应个人生活所需要之较高品质的能力、情操及行为；（4）培养大学生适应社会生活所需之较高品质的能力、情操及行为；（5）培养大学生理解与关怀全世界、全人类所需之较高品质的能力、情操及行为。”[①] 他主张，通过人本化的教育，使大学生的思想、知识与人格获得均衡的发展，使他们不仅对身心禀赋与潜能、个人志向与人生目标有深度了解，还有关怀他人的情操、认同团体的能力、服务社会的意愿和关心全人类的胸襟。他们应有良好的求知兴趣与态度，有正确的读书习惯与方法，至少掌握一种研究方法与怀疑批判的能力。这一教育目标所涵盖的范围很广，不仅兼顾德（公德与私德）、智（知识与能力）、美（高尚的审美品位、格调与能力）、群（人际关系、社会参与和公民意识），而且向内向外扩充。他

① 杨国枢：《大学之理念及其实践》，载刘安之、黄俊杰编《大学理念与实践》，逢甲大学、台湾通识教育学会，2000 年，第 1 页。

们不仅对本国历史文化有关怀与理解，而且能有世界性的观点，有理解与欣赏世界各文化及其差异的能力，有尊重他国文化与人民的态度，[①] 达到费孝通先生所说的“各美其美，美人之美，美美与共，天下大同”的境界。

最近，媒体报道了清华大学刘海洋同学到动物园用火碱溶液和硫酸溶液泼伤狗熊的事件；天津医科大学学生马晓明因被退学而觉得生活无意义，遂杀死了亲生父亲与祖母，并打算杀死母亲后再自杀；北京一名大学生马忠义因多门功课不及格，持刀夜闯女生宿舍，想杀人以解脱；台湾一位马姓老妇到法庭状告她含辛茹苦培养出来的毕业于台湾清华大学化工所的博士儿子不认亲娘。[②] 这里面有非常具体复杂的原因，有的属于心理上的疾病，有的属于社会或家庭教育的缺陷，当然更重要的是人文素养，特别是道德素养的问题，是人性养育的问题。我们不希望媒体过分渲染刘海洋事件等事件，因为大多数的大学生思想是健康的，是有志气且蓬勃向上的。但我们仍然有孔子之忧：“德之不修，学之不讲，闻义不能徙，不善不能改，是吾忧也。”（《论语·述而》）不可否认，社会上的官本位、金钱拜物教、权力拜物教已渗透到大学校园，造成有的大学生的两面派或多重人格，以及道德价值观上的庸俗化、功利主义或虚无主义。家庭经济背景的贫富差别，使得部分贫困生有沉重的心理包袱。

与我国传统的儒家教育相比，现代大学教育结构的弊端是：

---

① 杨国枢：《大学之理念及其实践》，载刘安之、黄俊杰编《大学理念与实践》，逢甲大学、台湾通识教育学会，2000 年，第 5—8 页。

② 贾舒：《他们在自杀和犯罪的边缘挣扎》，《中国青年报》2002 年 3 月 20 日；又见《深圳特区报》2002 年 3 月 22 日 A11 版。

德业分工，知行脱节，为人与为学分裂，师生之间隔绝或疏远。大学教师与研究生之间的交流对话还比较多，但与本科生之间在学问与人品方面，已不复有切磋琢磨、教学相长的机会和氛围。目前我院设立了师生恳谈日，试图通过这一渠道，使师生在德业等多方面有所交流。大学是由教师与学生共同组成的、互为主体的社区。大学应当强调教师的职业伦理与职业道德，淳化师德、学风与校风，涵养师生的心灵，扩宽师生的胸襟。首先是教师要有人文情怀、责任意识，己立立人，己达达人，己所不欲，勿施于人，切实地帮助学生自己去立人、去达人，怡情养性，塑造人格。总之，人文教育在今天的大学已不是可有可无的问题，而是如何进一步加强和完善的问题，它服从于我们大学教育的理念与目标。

拙见以为，人文教育要从娃娃抓起，人文训练与修养的中心内容是学习经典，人文教育事关教育理念与培养目标。平民化教育的目标是培养健全的国民，全社会需要的各行业人才首先要有高尚的情操，关爱他人、敬业乐群、宽容于物。我们要培育学生全面发展的健全人格，追求真、善、美合一的理想，调动他们学习的主动性，引导他们学得大智大慧，克服目光短浅、处事功利化、人格虚无化、精神平面化的弊病，改善他们的知识结构，让他们学会独立思考，经得起摔打磨难，既有谋生的本领、坚韧的精神，又有创新的潜力，充实丰富自己的人生，决不放弃对理想境界、生命意义与人生价值的追求。

（原载《中国大学教学》2002 年第 10 期）

读书无关书房

说来惭愧，我直到 1999 年五十一二岁时，搬到现在居住的单元房，才有了一间独立的书房。在此之前，卧室与书房合一。更早一点，一间房兼做居室、书斋、饭厅、客屋、孩子嬉戏间等。一张大的八仙桌，既是餐桌又是书案，书堆在八仙桌下，另有两个书架。我现在这间 13 平方米的书房，三壁书柜“顶天立地”，书桌上、地板上又堆满了书。老伴儿总是提醒我，不要再买书了，堆不下了，可是我一去书店，心里痒痒，就又带回几册，一出差就购买几包，几乎成了癖好。有一些书是为研究生们备的。我很羡慕港台、海外的人文学者，他们在大学或研究院都有一间研究室做书房，此外在自己家里还有一间书房。有的学者，例如历史学家、京都大学的谷川道雄先生等人，又在寓所之外另购（或租）一间或几间房做书房，供自己读书或弟子们会读、讨论之用。

不过，读书与书房并无多大关系。我们这一代人，真正读一点书，都不是在书房里读的。我是在“文革”的思想饥渴中开始读书的。记得那时我们读遍了武汉十四中图书馆的藏书，其中有不少宝贝，可惜毁于偷书者引起的一场大火。1968 年下乡当知青时，在茅屋的油灯下读马克思的《〈黑格尔法哲学批判〉导言》和《关于费尔巴哈的提纲》，完全读不懂。什么叫“德国的哲学是德国历史在观念上的继续”？什么叫“人是人的最高本质”？

什么叫“唯心主义却发展了能动的方面”？记得当时为了解决读马克思著作的困难而想了解一点西方哲学史，常常设法通过老同学、知青朋友交换着看一点哲学方面的书。

我印象最深的一本书是汪子嵩、张世英、任华先生等编著的《欧洲哲学史简编》。这本小册子现在还在手边，扉页上写着“齐勇 1972 年 8 月于衢县”。这是我在衢州化工厂的新华书店买的，定价是 0.55 元，32 开本，231 页，人民出版社出版。那时我已是湖北省化工厂的工人，在浙江衢州化工厂培训。这是一本哲学与哲学史的入门书，其底本是 1957 年出版的《哲学史简编》，编著者有洪潜、陈修斋、朱伯崑先生等人。这本书我反反复复读过多遍。虽然用今天的眼光看，这本书有不少缺憾，但在当时，却使我对西方哲学有了初步而系统的了解，使我爱上了哲学并追问、反思哲学的问题。我后来于 1978 年考入武汉大学哲学系，听陈修斋、杨祖陶先生讲授“西方哲学史”，又系统读了黑格尔的《小逻辑》与《哲学史讲演录》，罗素、梯利、文德尔班的哲学史，贺麟先生的一些书及一些西方哲学汉译名著，才算是入了哲学之门。

我的专业是中国哲学。选定这一专业，源于听萧萐父、李德永、唐明邦先生讲授“中国哲学史”。萧先生讲课不多，讲起来常常脱离教材，旁征博引，放得很开。他对时局的关切，对思想解放的渴求，对世运与国脉的叩问与思索，启我良多。我读本科时，旁听了萧公为研究生开的“中国哲学史史料源流举要”课。讲到近世，他偶然提及黄冈熊十力先生有《体用论》等书值得一读，我就到校图书馆去遍查熊先生的书。

真正使我的心灵受到震撼的书，是熊先生的《十力语要》，书里集中了熊先生从心臆中流出的话语，是他的生命体验的结晶。我读的是 1947 年湖北“十力丛书”线装铅印本，共四卷四册，制式特别，大约长 27 厘米、宽 16 厘米，有天头地脚可做眉批。熊先生凭其聪颖慧识对中西哲学的评断可谓鞭辟入里。他讲他读书时常常汗流浃背，触及身心。他说读书必先有真实的志愿、广大的胸怀，如此方能“返之己所经验而抉择是非，洞悉幽隐，曲尽书之内容而不失吾之衡量，故其读书集义，乃融化的而非堆集的，乃深造自得的而非玩物丧志的。如此读书，方得助长神智而有创造与发明之望”。孟子的“掘井及泉”“深造自得”之论是读书之大法。

熊先生对中国文化与中国哲学有真正的反省与自识，通过他的书，我才从存在的感受上去重读中国经典，才真正在身心上有所受用。对我而言，读西方哲学的书，是思维的训练，读中国哲学的书，则是生命的感通，是在与圣贤做心灵的交流与对话。我们读马克思的书，深深地感受到他有深厚的德国精神哲学的底蕴；而我们自己在喧嚣的现代化、全球化的声浪中要不失己性，则不能没有深厚的中国精神哲学的陶养。我觉得每一位中国知识分子，要真正对自己本土的文化精神有所了解，起码要读这样几种书：《论语》《孟子》《大学》《中庸》《易传》《老子》《庄子》《六祖坛经》等等。

中国的儒释道的智慧是生命的智慧。马一浮大师一生读书、刻书，嗜书如命。苏曼殊说他“无书不读”，丰子恺说他“把《四库全书》都看完了”。抗战期间逃难，马先生的书损失很大，他在《书厄》这首诗中写道：“吾生非我有，更何有于书。收之似留惑，此惑与生俱。书亡惑亦尽，今乃入无余。”对于读书人来说，有没有书房，甚至有没有藏书，其实并不重要，重要的是读进去，践形尽性。换言之，书籍、文字、语言、思辨，不仅不能代替而且很可能肢解、拘束生命与生活。中国哲人的高明之处是不在语言文字上纠缠，故常能走出哲学家的理论窠臼。正如马诗所言“豁然悟生理”“触目是菩提”“齐物终忘我，观生未有涯”“天人在何许，或有龙场苗”。贵州龙场即王阳明之流放地与悟道处。

（原载《深圳特区报》2003 年 9 月 14 日 B4 版）

慎言“创新” 提倡“比慢”

学术的创新是非常不容易的事，特别是对人文学科来说，尤其不容易。人文学研究的前提是积累，没有相当的积累，根本不能进入研究阶段，即使进入了研究阶段，也仍然要不断积累。我们的前辈学者有童子功，中西学术的功夫非常扎实，他们之中才有“学贯中西”的大师级人物。清末、民国时期，此类学者一般是通过庭训、私塾、乡塾打下了“小学”（古文字学）与四书五经的基础，又到教会学校打下了西文的基础，或接受彼时的大学教育，或留学西方，经受过严格的训练，功夫较深，有学问根底，又潜心教书，通过教书加深理解、发现问题，所谓“学然后知不足，教然后知困”，于是才有所创见。汤用彤先生能同时开三门课，即一门魏晋玄学与佛学，一门印度哲学，一门西方唯理论与经验论，在此基础上的两三种著作乃传世之作。当然，他很谨慎，在世时尚不肯把唯理论与经验论的讲稿公开出版。汤先生之学问修养，今人无法望其项背。

我们这一代人非常不幸，受到的教育是十分残缺的。我说的残缺，不是指学历，也不是指现在过早地在中学分文理科（这当然更为残缺）。例如，我自己是在“文革”前接受了6年小学、6年中学的教育，经过12年务农、务工后，又接受了大学本科、硕士、博士阶段的教育，但现在看来，我所受到的教育，形式上是完整的，精神上、内容上仍然是残缺的。这残缺是指没有经受过严格的中国传统的教育与西方的教育，经史子集的训练基本没有，西方与印度文化的学习十分不够，人文的修养功夫很浅。严格说来，像我这样的人是根本不够资格研究文、史、哲的。

今天，出现频率最高的词语莫过于所谓“创新”了。打着“创新”旗号的论著触目皆是、俯拾即是，但在我看来很多都是文字垃圾。我们要有一点自知之明，慎言“创造”“创新”。如果我们肯多读一点东西方的经典文献，确实下了一点功夫，懂得基本的诠释方法，研究的对象又是比较小的题目（当然要有大的背景），能做到“小中见大”，经年累月，确有一孔之见，那就是十分幸福的事了。时下的评价机制是杀鸡取卵的机制，动辄就要你“创新”，而且以“数字化”的方式打压或引诱，那当然只能以粗制滥造来应付了，虽然面孔是所谓“新”，其实是无源之水、无本之木的拼凑而已。

像朱熹、章学诚这样的大家，在做学问方面尚且如临深渊、如履薄冰，何况吾辈？朱子做学问的方法是“宁详毋略，宁近毋远，宁下毋高，宁拙毋巧”。胡适曾把朱子《小学》上教人做官的方法“勤”“谨”“和”“缓”四个字改为治学的方法：“勤”就是不偷懒，就是傅斯年所谓“上穷碧落下黄泉，动手动脚找东西（找材料）”；“谨”就是不苟且，非常谨慎、精密、客观；“和”就是不生气，要虚心、平实；“缓”就是不要忙，要从从容容地研读、校对，宁可迟缓，不要匆忙有错。胡适又讲，聪明人做笨功夫才会有成就。① 钱穆、余英时师徒十分推崇章学诚、全祖望等人的“言公”与“谢名”之论，强调“道假众缘，复须时熟”之理，主张广其

① 胡颂平编《胡适之先生晚年谈话录》，中国友谊出版公司，1993 年。

心、沉其智，专其业、事其事，出以公心、甘于寂寞，凭各人性之所适，分途摸索，放宽程限，紧着功夫，不要追逐时尚、急于自售。而我们现在的状况呢？我们现在不仅动辄讲“创新”，而且还要你“快”“当下即是”“立等可取”。现在是用工科管理工程、项目、经费的方式来管理文科，工科这样做恰不恰当，我不敢置一词，但以此要求人文学术，实在是十分荒唐的事情。

与“比快”相反，世界名校的人文学教授基本上是被养起来，在衣食无忧的状况下，从容自如地从事精神生产的。他们当然没有我们目前遇到的核算工作量的压力，没有去计算、比较教授们发表论文的刊物级别、数量，拿到什么项目资金或获得什么级别的奖励（拿项目或获奖中的猫腻实在太多）等。这些热闹的玩意儿与学术水平完全是两回事。哈佛大学哲学系教授罗尔斯曾经十多年没有发表过一篇文章，没有出过一本书，更遑论什么获奖了（要是按我们现在的人事管理办法，早就被炒鱿鱼了），但人家一旦拿出其扛鼎之作《正义论》，即成一家之言，被世界学术界公认为现代学术经典。我想起了 20 世纪 80 年代旅美华裔学者林毓生教授提倡的“比慢”精神。做人文学术要慢慢来，做细一些。我佩服有些日本学者，师生几代人几十年如一日，不计功利地研读一部中国古书。我们做任何研究，都要深入研究第一手原始资料和海内外有关研究成果，真正做到“竭泽而渔”，才可能取得厚重扎实的研究成果。一般说来，有了深厚的几种语言与文化的背景，有了较好的方法学训练，从容地徜徉在中外典籍之中，对此前的研究文献了如指掌，触发出问题意识，经过酝酿、打磨，反复推敲，庶几能有所建树。这里来不得半点浮躁。

最后，关于学术规范的问题。做研究必须坚持从第一手原始资料出发，对有关论题之海内外已有的研究成果均有深切了解，对以上两类资料务必做到“竭泽而渔”。严格引证、引述并规范表达，一一注明出处，杜绝任何形式的抄袭、剽窃。根本上要用功于对第一手原始资料的探索、反思、解释与批评，养成此种能力。坚决反对时下虚浮不实的学风：一种是无源之水、无本之木，不做任何注释，没有引证，似乎所写都是他个人的思想；另一种是不读原始材料或读得很少，只是从第二、第三、第四手现成材料中转手抄过来，根本不知原文的上下文意，所注出处、版本混乱，文字标点错谬百出。至于从网上下载文章著作，敷衍拼凑者，则更为可恶。

另一方面，我们对于所谓“学术规范”也不必迷信。现行所谓“学术规范”，是以西方的规范为模式的。有学术规范当然比没有学术规范要好得多，但是我们必须清醒地认识到，这也包含着西方强势的话语霸权的宰制。照搬西方社会科学的规范与方法，往往会掩蔽我们民族的内在的精神资源与自身的学术特性。而且，利用现行的学术规范、引证方式来包装、作秀，列上一大堆附注和参考书目，其实并没有读或没有认真读懂所引、所列的文献，或是从别人著述的出处中转抄来的，用来唬人、蒙人或挟以自重，以形式来掩盖剽窃或无学问的状况，亦所在多有。

孟子有“掘井及泉”之论，顾炎武有“采铜于山”之说，著名历史学家陈垣先生曾经说过，他是在做“炼乳”，而有些所谓学者，是专门拿“炼乳”兑水。黄宗羲曾说过：“以水济水，岂是学问！”目前以所谓权威期刊发表论文或所谓省部级及以上的科研项目与获奖为标准或导向，会败坏学风、败坏学术，很难产生精品，其负面效应将影响今后几十年。总之，我认为学术腐败的根源之一是时下的管理体制与评价体系。在时下的评价系统与氛围中，学者们想要不急功近利都不容易。这也影响了教学质量，使老师们不能把精力集中在上好课与教书育人上，而这才是大学教育的根本。我们呼吁给人文学教师们松绑，营造一个可以从容读书、认真教书的氛围与环境，这当然需要我们自己去争取。作为人文学者，我们亦须自重、自律。

（原载《武汉大学学报（人文科学版）》2005 年第 6 期）

浅谈大学人文教育、国学教育的课程设置

一

大学就是大学，不是专门的职业技术学校。大学培养出来的学生，应具有较广博的文化修养（博而且雅）、一定的知识基础，受过方法学训练，走上社会，后劲与潜力较大，可适应面较宽。20 世纪 50 年代初的院系调整，照搬苏联模式，加上工业化建设的需要，使得大学分科化和系科单面化的模式逐渐占据统治地位。今天全社会的功利性与实用性的导向，强调所谓专业对口，科系与课程设置更为单一、片面、直接，乃至有大学传统的大学在现行评价体系下变成职业培训学校，大量不具备大学资质的学校又纷纷升格为大学，于是大学越来越不像大学。大学教授受制于日益细琐的所谓制度管理或目标管理（这些机构与评价体系就是来“管”教师的），不能动弹，动辄得咎，何谈思想自由，何谈学校与教师的个性色彩与风格，更何谈培养创造性人才，师与生不得不成为齿轮与螺丝钉或规行矩步的活死人。这种状况下，还要提教学工作以教师为主导或为本位，真是滑天下之大稽。

由于教育体制本身的种种问题，由于揠苗助长式的幼儿教育、中小学教育片面地膨胀智力、技术知识与过早地分科，大学教育对象的东西方人文素养十分薄弱，特别是传统人文知识与人文精

神之修养十分欠缺。中学文理分科太早，病患尤大，使目前文、法、理、工、医、农科的大学生与研究生中，人文与科学素养双重贫乏，特别是使人文学科、社会科学的生源水平下降了很多。从中学到大学，长期累层叠加的分科式教育与灌输的方法，使大学生的素养更加贫弱化或单面化，尤其是使大学生变得不会思考，没有思想的反思本领与能力。这当然不可能培养出全面发展的高素养的国民或平民化的公众知识分子。

这种贫弱化或单面化与目前各大学、各专业、各院系的课程设置密切相关，而课程设置的毛病根源于教育体制，根源于专业设置及校、院、系的规制。所以，单纯地谈课程设置的改革，是改不下去的。当然，改良一下各专业的课程设置与课程内容，对于提高学生的素养亦非完全无用。

二

多年以来，人文学科各系面向全校学生开设的公共选修课最受欢迎。这些公选课不久被叫作素质教育课，现在又被叫作通识教育课。通识教育是舶来品，与目前我国大学教育的目标设计颇不相侔。一则求通才，一则要专才。为了改善大学生的知识结构，提高综合素养，当然不妨提倡之。今天有的大学开出两三百门通识课程，可谓丰富多彩，但其毛病是通论、概论之类的课程太多，东西方原著经典导读的课程太少。通识教育一定要有核心课程，且以经典导读为主。我们的学生理应从小开始就逐渐地了解古中国、古印度、古希腊、古埃及、古波斯的文明。前现代各族群的文化传统与哲学、宗教、艺术、道德、伦理经典，是人类文明的源头活水。当然，应按照循序渐进的教育规律施教。

2004 年底，我应邀在我校理工科 2004 级硕士生近 300 人参加的政治课中讲了《中国传统人文精神》。我在讲孔子、老子的思想时，引用最基本、最有代表性的孔子、老子的话，在我看来应当是学生们耳熟能详的，却没有得到回应与共鸣。这使我大感意外，因为我在为我校本科生演讲时，引起的呼应、对话、回响与共鸣虽也不尽如人意，却好于这些硕士生。后来我了解了一下，原因有：一是理工科学生历来就没有受到系统的人文教育；二是从一些地方院校考进来的硕士生太多，他们过去念的大学基本上没有人文氛围，人文讲座也少得可怜。相对而言，由于生源素养的原因，武汉大学的硕士生的人文教育整体不如本科生，据说哈佛、耶鲁、北大、清华亦然。

大学通识教育中的人文教育面临来自现代化、全球化、功利化的时风的挑战与压力。目前的大学人文教育，再怎么努力，也难以弥补我们的学生在儿童到青年时期对中国与世界的文化与文明教育的缺失。在西化日甚一日的背景下，本土化的人文资源的发掘、传承、参与、创造、转化的工作尤显重要。中国的小、中、大学生理应接受中华民族传统文化的最起码的教育，例如，修习四书、《老子》、《庄子》（选）、《史记》（选）、《汉书》（选）、《诗经》（选）、《楚辞》（选）等等。《论语》《孟子》《大学》《中庸》理当是中国文化最基本的教材，是中国人的信念、信仰与做人、做事的最基本的依据，是立身行世之本。

2001 年（当时我担任人文学院的院长），在多方鼎力支持下，我们创办了国学试验班、中西比较哲学试验班。创设这两个试验班的初衷，就是要改变时下我国大学文科教育不重视原著经典的状况，创造文科教学的新模式。在教学模式上，参酌中国古代书院和牛津、剑桥导师指导阅读及讨论的方法；在教材选用上，力求直接采用原典原著；在考核方法上采用闭卷考试与课程论文写作相结合的形式。

国学试验班与中西比较哲学试验班的学生是从已进入我校读本科的文、理、工、医的学生中挑选的。在一年级学生读完一学期时，我们通过在校园张贴或在网上发布等方式，欢迎各院系同学自愿报名学习国学或哲学。在放弃原专业（甚至热门专业），改学国学或哲学专业的过程中，同学们及其家长当然会有犹豫与疑惑。每届约有百十名同学报名国学试验班，70 多名同学报名中西比较哲学试验班，通过笔试与面试的筛选，再通过试读，真正进入并坚持读下来的学生并不多。从 2007 年开始，我校直接从高中生中招收国学试验班学生。

我们认为，国学当然包括传统学术的各方面，例如包括古代的天学、地学、农学、医学、数学与数术、方技等，也包括歌舞、戏剧、书法等，但针对文科本科生或研究生的国学试验班，当然只能以经、史、子、集为主。国学的修习当以小学为工具，经学为核心，经学是国学的重中之重。经学中包含有大量的社会、民俗、制度、生活世界的内涵，同时又是中华人文精神之根，是我们民族的终极信念的所在，是安身立命之本。经学与经学史当然是流动着的。五四运动以来，我们对经学与理学有太多的误解。我还是认同晚清“穷治语言文字以通经学”的学风。学习国学更重要的是把握中华人文精神与价值理念，了解中华文化可大可久的所以然，堂堂正正地做一个中国人。故我个人的国学观，是以经学与理学为核心的。

国学试验班旨在培养德、智、体、美全面发展，矢志研究国学，继承和发扬中华民族优秀文化传统，掌握古汉语、古文献等基础知识、基本典籍和治学门径，掌握两门外国语，了解国外汉学的基本走向的文史哲的复合型人才。

五届国学试验班学生的人数：2001 级 16 人，2002 级 17 人，2003 级 18 人，2004 级 18 人，2005 级 18 人。第一届国学试验班的学生已经于 2005 年 7 月毕业，确有读古书的好苗子，有 9 人被推荐免试或考入本校国学硕士班深造，有 3 人被推荐免试或考入北京大学、复旦大学、华东师范大学的中文系或历史系深造，有 4 人就业（一位因其在国学试验班中有学习古汉语与日语的基础，被一家软件公司录用，另 3 位或考上公务员，或到其他单位工作）。2002 级 17 位学生的情况更好，基本上都推荐免试或考取到北京大学、北京师范大学或本校读研究生。已毕业的各届国学试验班学生有的在国内外名校继续深造，有的已参加工作。应该说，整体培养质量还是不错的。

我们对国学试验班单独开课，对学生的训练，主要是小学（即古文字、音韵、训诂，这还有待加强）与古文献，古文献方面的课程是导读四书、《老子》全书和《诗经》《楚辞》《周易》《左传》《国语》《庄子》《荀子》《史记》《汉书》《后汉书》《三国志》《资治通鉴》的选本等等。另外我们开设第二外语课程，利用暑假给他们加强外语。我们请文、史、哲各系优秀的教师和不少海内外专家来给国学试验班学生上课或演讲。我们讲四书不仅讲训诂，而且讲义理，不仅讲知识，而且讲价值，讲为人为学之道，讲孔仁孟义的现代意义。

坊间小报不负责任地炒作，使一些学者对我校国学试验班有不少误解。我们的方针是：韬光养晦、行事低调，不宣扬、不争论，走自己的路，扎扎实实地推广国学教育、培养国学人才。我们创办的国学试验班并非所谓“文科综合班”。文科综合班的课程往往变成文、史、哲现有课程之杂烩或拼盘。至于有小报说我们企图培养所谓“国学大师”，那更是无稽之谈，我们不会无知到那种地步。我们当然知道“国学大师”是培养不出来的，“读书种子”是很难寻觅的，而且我们这些教师有自知之明，知道自己有几斤几两。我们创办的国学试验班可以说是国学入门班，就是通过对古文字与古文献的初步学习，让学生背诵、准确理解一点经典，掌握读古书的方法，使同学们跨入国学的门槛。培育国学本科生的方式并不是让他们进入研究，而是打基础。基础打好了，他们中有人日后有能力研究经学，有人有能力研究子学、史学或集部。有了这样的做学问的基础与方法训练垫底，即使不读硕士，出去就业照样能做好别的工作。其实很多事都是一通百通的，学哲学、学国学的同学毕业后就业，做什么工作都行，可能上手慢一点，但后劲足、潜力大。

需要说明的是，国学本科班培养的仍是人文学的通才，而不是国学专才。这一试验是为人文学的课程设置探索原典教学的路子。在教师们的培育之下，国学试验班的多数同学热爱祖国传统文化，正在跨入国学的门槛。办国学试验班是一种尝试，我们要不断地总结经验教训，适时调整培养方案。从国学硕士班开始，即可以说是培养国学专才的初步。我校首届国学硕士班已于2005年9月开班，有9位硕士生，由文学院负责，挂靠在古代汉语硕士点，教师仍来自文、史、哲三院。每一位国学硕士生由两三位导师组成的小组负责，如主导师是中文系的，副导师则是历史系或哲学系的，反之亦然。国学硕士班有必修基础课“国学基础”“国学研究方法”等，以上课程或以段玉裁注的《说文解字》，或以余嘉锡的《古书通例》，或以王国维、陈寅恪等人的论文为范文或读本。另有选修课“甲骨金文研究”“《尚书》研究”“三礼研究”“出土简帛文献选读”“儒家哲学”“佛教”“道教”“先秦文化与先秦文学”“汉唐史学”“宋明理学”“明清哲学”“海外汉学”等，这些课仍以导读文献为主。如果有可能，我们还将拟办国学博士班。教育部与国务院学位委员会尚没有“国学”这个专业的名称、代码与编号，目前国学本科生与研究生招生只能挂靠在别的专业上。

五年多来，我们把国学本科班定位为“国学初步”“国学入门”，是比较恰当的。国学硕士班才刚刚起步。草鞋无样，边打边像。人文学的教学、研究与人才培养都要靠积累。假以时日，我校一定会培养出肯坐冷板凳、有一定学养的传承国学的人才。

（原载《读书》2006 年第 4 期）

漫谈国文与国学教育

——兼及博雅教育、心性修养与君子人格

人文精神是终身教育的主要内容。一个学习型的社会，最主要的是要使社会成员都经受一定的人文教养与训练。人文的修养，使人博而且雅，是培养现代化的新一代人才的重要内涵，而阅读古今中外的经典，则是重要的途径。

一、国文与国学教育要从娃娃抓起

作为一个国家的国民，有接触本国经典的义务。一个西方人，不管从事什么行业，在他经受的家庭、社会、学校教育中，起码诵读过、学习过《荷马史诗》、柏拉图或亚里士多德的希腊哲学、西塞罗的罗马政论、莎士比亚的文学作品等等。这都是被视为当然的，是他们的人文修养的基本功。一个中国人，也应当掌握好母语，具有中国文化的常识。可是今天在中国，如果我们让青少年读一点有关孔子、孟子、老子、庄子的书，会被认为是守旧复古的。这是非常奇怪的事情。

2001 年 5 月我在德国。有一天，莱比锡大学的一位女教师陪我到该校去做演讲，途中她先送女儿上幼儿园。她对我说：“我送女儿到教会办的幼儿园去，幼儿园的老师们常给孩子们讲《圣经》中的故事。这是要让孩子们从小接受我们这个文化最基本的做人

的教育、博爱的教育。从幼儿园到大学，都是不允许传教的，孩子们长大以后信不信教，由他们自己选择，成年以后的事，家长不干预。但作为家长，一定要让孩子在幼小的时候就接受我们自己文化中最基本的伦理的教育。"

德国特里尔大学的文学院院长、汉学家波尔教授（他的中文名叫卜松山）曾经在北京与特里尔多次郑重地对我说过："你们中国有很好的伦理资源，特别是儒家文化中有很多很好的做人的道理，可惜你们放弃了，没有用这些本土的文化资源教育后代，这非常遗憾！"

法国小学、中学的国文教育，注重本土文化思想的训练，中学生即开始学笛卡儿、马勒伯朗士的哲学，孟德斯鸠、卢梭的政治学，等等。法国大学生的国文教育，重视古典语言和希腊、罗马的典籍，以及有关宗教、历史、哲学、伦理、政治、经济等的古典著作的阅读。现代欧美大多数知识分子在成长过程中反复受到上述古典的教育，浸润其中。

一个社会，如果没有基本的伦理共识，那是非常危险、非常可怕的。再严密的法律，代替不了社会的伦理道德；进一步说，健康的现代化的法治社会恰恰是建立在民众的底线伦理、民众的伦理共识的文化土壤之上的。

作为一个中国人，不能不读四书（《论语》《孟子》《大学》《中庸》）。四书之于中国，如同《吠陀经》和《奥义书》之于印度，《古兰经》之于阿拉伯，《新约》《旧约》之于西方。

自宋代起，四书是中国人的基本信仰与信念，是中国人的安身立命之道，是家传户诵之学，哪怕是乡间不识字的劳动者，也会自觉实践其中做人的道理。其中的"仁爱"思想，"己欲立而立人，己欲达而达人""己所不欲，勿施于人""老吾老，以及人之老；幼吾幼，以及人之幼”等格言，直到今天，不仅是中国人做人的根本，而且是全人类文明中最光辉、最宝贵的精神财富。

法国的启蒙思想家推崇儒家人道、人性的学说，用以反对神学，他们把儒家的“己所不欲，勿施于人”写进1793年宪法及《人权宣言》。二战结束后，国际联盟（后被联合国取代）在通过《世界人权宣言》之前，中国代表张彭春先生发挥了很大作用。张先生把儒家的智慧渗透进去，并以儒家智慧来协调各方，使该宣言得以顺利通过。1993年在芝加哥，6500位来自世界各地的宗教界领袖、神学家及其他人士，通过了《走向全球伦理宣言》。这个宣言有两条基本原则，其中之一就是孔子的“己所不欲，勿施于人”。这句话的意思是：自己不想要的东西绝不要强加给别人，当然这不是指物质上的东西，而是指人格尊严。自己不想受到别人的羞辱，那你首先就要尊重别人，不要羞辱别人。反过来说，你想要别人怎么对待你，你就要那样去对待别人。这可以推广为国家、民族、宗教、文化之间相互对话与交往的准则。

几十年以来，我国的幼儿教育、中小学教育中，缺乏国文、国学基本知识和传统道德的教育，近十多年来虽有所好转，但仍然不令人满意。就取得全社会普遍的族群认同与伦理共识而言，就和谐社会的构建与可持续发展而言，幼儿教育与中小学教育中的国文、国学教育是基础的基础。因此，全社会都应当重视对幼儿、小学生和中学生加强中华民族人文知识与人文精神的教育。不然，大学人文教育就根本没有办法做好。

从公民的文化教养与民族文明的健康发展来看，应当有法律严格禁止中学生的文理分科。而且，我国应当为民族传统文化的传承立法，或者说，应当在法律上规定，必须对幼儿与中小学生进行传统语言与文化的教育，维护民族语言与文化的纯洁与尊严，必须改变目前青少年学英语的时间、精力大大超过学习中文的状况。

我们的中小学教师们都很辛苦。人的一生中受到的最大影响，除了来自自己的父母、兄弟姐妹，就是来自小学老师、中学老师了。我十分感念我的父母、兄长，我的小学老师、中学老师，他们在言传身教中教会了我如何做人。老师们的一言一行，直接影响着学生，甚至影响学生一辈子。但由于教育制度、结构等种种原因，今天的中小学教师及今天的为人祖父母、为人父母者的国文与国学素养，却不敢恭维，因此要大力培养师资。

我举双手赞同儿童读经。2003 年我在日本讲学，曾专程去福冈看望了 94 岁高龄的冈田武彦先生。冈田先生 90 岁高龄时还在福冈的一家幼儿园给孩子们讲《论语》。冈田先生说，东方文化中有很多珍宝还未开发出来。儿童背一点蒙学读物，如《三字经》《百家姓》《千字文》《千家诗》《弟子规》等，背一点《论语》《孟子》《老子》，背一点古代诗词等，很有好处。我认识一些儿童的家长，他们指导自己的子女适当背诵一点古代经典，对开发智力很有好处。13 岁以前，孩子的语言记忆能力很强，多背一点，攒一点童子功很有必要。这一年龄段只要背，以后再慢慢理解、反刍，会终身受益无穷。这不仅对孩子们学人文有好处，而且对孩子们学科学也有好处，对孩子们将来做人、立身行事都有好处。过去一些有名的自然科学家都有很好的文化修养、文史哲功底，例如数学家华罗庚先生、李国平先生等人都善诗词书法。他们从小都背过经典，接受的教育很全面。各位不用担心孩子们现在懂不懂，要担心的倒是孩子会向家长与老师挑战，老师与家长必须有一点国学基础，也就是要略知经、史、子、集，略懂基本的经典。

二、几点感悟

斯坦福大学明确以博雅教育作为大学教育目标。该校要求同学们不局限于一个专业，要有广博的知识与修养，要“均匀”，即接触不同学科，同时了解不同文化的经典、观念与价值。该校规定学生在下列9个领域中选修11门课（每一门至少3学分）：（1）文化、观念及价值，（2）世界文化，（3）美国文化（以上为文化核心课程），（4）数理科学，（5）自然科学，（6）科技及应用科学（以上为科学核心课程），（7）文学及艺术，（8）哲学、社会及宗教思想，（9）社会及行为科学（以上为人文和社会科学核心课程）。以上每一领域中的课程，基本上都是经典导读，其课程内容为：荷马的《奥德赛》或《伊利亚特》，柏拉图的《理想国》，亚里士多德著作（如《伦理学》《政治学》）选读，《圣经》，奥古斯丁的《忏悔录》，中国思想家孔子著作（如《论语》）选读，中国道家哲学（如《庄子》《道德经》）选读，《孟子》选读，马丁·路德著作选读，马基雅弗利的《君主论》，弥尔顿的《失乐园》，蒙田散文选读，但丁的《神曲》，莫尔的《乌托邦》，卢梭的《社会契约论》和《论人类不平等的起源和基础》，莎士比亚的《哈姆雷特》和《暴风雨》，牛顿著作选读，达尔文著作（如《物种起源》）选读，马克思、恩格斯著作（如他们的《共产党宣言》或恩格斯的《家庭、私有制和国家的起源》）选读，韦伯的《新教伦理与资本主义精神》，黑格尔的《精神现象学》，培根的《新工具》，笛卡儿的《方法论》和《第一哲学沉思集》，洛克的《政府论》，霍布斯的《利维坦》，尼采的《悲剧的诞生》，弗洛伊德的《梦的解析》，库恩的《科学革命的结构》，《古兰经》，等等。

芝加哥大学的通识教育是非常有名的。该校大学生的毕业学分中有一半以上是涵盖6个领域（人文类、外国语文类、数理科学类、自然科学类、社会科学类、文明研究类）的通识课程，名为共同核心课程，学生必修21门课，分量很重。[①]

哈佛大学的传统也是通识教育，其重视人文精神的培育。哈佛的理念是：最佳教育是开放式、创造性教育，不仅应有助于学生在专业领域内具有原创性的思想与能力，而且要创造条件让学生善于深思熟虑，有追求的理想目标和敏锐的洞察力，成为具有自由人格的、完美的、成功的人。哈佛本科生在校的四年中，除在一个主要领域中学习外，还要进行跨学科专业的学习。该校不少教授强调人文学习的重要性，主张理解、吸收不同的价值观念。如本科生必修8—10门核心课程。核心课程的主要领域有：外国文化、历史研究、文学与艺术、道德思考、科学与社会分析。哈佛大学的本科生还须修习英文写作、数理统计和外国语文。在“道德思考”领域，该校请不同的专家讲授不同的宗教、文化传统的伦理道德课程，让同学们选修一种。其中有杜维明教授的“儒家伦理”课，每次都有300多位学生选修。杜教授只上大课，并定期主持助教会。该校规定，每20名学生必须配1名助教，助教要参加学生的讨论（每周一次），引导学生读书，批解他们的读书报告。

有的哈佛教授认为，任何复杂的文明都必须发展社会资本，而这个社会资本是看不见的。不能以短浅的目光看待我们教育的效果，最佳的教育不能以美元来衡量。有的教授认为，不能只重视经济资本，还要培养文化人。这就要考虑文化传承、心灵积习。

---

① 以上有关斯坦福大学与芝加哥大学的情况，详见黄俊杰：《大学通识教育的理念与实践》，台湾大学出版中心，2015年，第312—334页。

除了智力教育、科技方法，还要培育伦理素养、人生智慧、精神价值、文化能力、道德信念等等。要培育公众知识分子，关心社会，参与政治，批评当下，指引未来，为社会提供价值指导。

我国大学生的必修课中，6 门或 7 门政治课共 14 学分或 16 学分，计算机基础与应用 1 门课 6 学分，共 20 学分或 22 学分。以上课程的实际效果甚差（计算机只要会用就行了，学生们可无师自通），建议从以上课中匀出 10 学分或 12 学分，用来上通识教育的核心课程。

我国各大学现在也在推行通识教育。有的大学一下子开出 200 多门课。通识教育不是课开得越多越好，在诸多通识课中，要形成核心课程，建议学习四书等数种中国文化的基本经典和一种西方文化的经典，并将其作为核心课程（绝不要用中西文化概论之类的课程来代替）。所有大学生都应修一门“大学语文”课，可以用四书或《古文观止》作为教材。否则，光靠选修几门比较泛一点的人文通识课或听几场人文讲座，仍不能弥补大学生在人文素养方面的缺憾。现在大学生的语文基础太差，写作能力太差，连写信（包括信封）的格式都不懂。例如，信封上写某某教授收，把“教授”二字或者“收”字打上括号，不知是何道理。

我国大学人文教育存在的问题是，人文学科自身的课程体系的缺失。我们一定要改变概论（原理）加通史（专史）的模式，使之变成以研读中外古今之原著经典为主的方式。几十年来受苏联模式影响，大学文科本身的最大的弊病是，课程体系成为概论加通史（或断代史、专史）的模式。对此，大家已经习以为常了。学生们学一点概论、原理、通论、导论、通史、专史、断代史是有必要的，但如果所有课程统统如此，不直接读一些东西方文学、史学、哲学、道德、艺术、宗教等领域里的原创性经典，那就有很大的缺憾，不可能培养出具有原创力的人才。概论加通史的模式，是以否定东西方人文传统和不相信师生们能读懂、能理解、能分析原著经典为前提的。概论、通论、原理、通史、专史等是一些专家嚼过的馍，以此硬性地、填鸭式地喂养学生，会养成学生学习的被动性与怠惰性，特别是思想的懒惰。长此以往，学生就丧失了思想的能力，只会人云亦云。我国大学人文学科的教育，往往变成背诵无聊教条的过程，学生获益甚少、甚浅，只是为了应付考试，无关身心修养。

由于文、史、哲的壁垒分明，我国大陆各大学的中文系与我国台湾地区各大学的中文系（或国文系）的差距是，人家倒是继承了民国时期大学的传统，以古文字、古文献为基础，以经、史、子、集为教学与研究的内容，而大陆的中文系则反之，不重视古文字、古文献、古思想，不读典，把经、史、子扔掉了，只偏重于现代汉语（特别是那些无聊的语法之类的）或集部（甚至只是现当代文学），愈来愈浅薄、狭隘、偏枯，影响了几代师生的训练与师资的培养，且继续在影响着。真正有学问的古文字、古文献专家在各中文系常常被挤到边缘！

不论是国学、其他人文学还是自然科学的教育，课程设置是一回事，怎么讲课又是另一回事。课讲得好不好，不在于外在形式，而在于教师有没有学问根底以及调动学生主动性的讲课方法。课程排定后，讲什么，怎么讲，考什么，怎么考，是教师的自由，千万不要用那些形式主义的条条框框加以限制。面对同一课程或文献资料，应允许由具有不同见解的老师来讲，也应允许学生来批评，提倡师生间的自由讨论，交流互动，启发学生有所见，有所得，即孟子所谓“心之官则思，思则得之”“以意逆志”“掘井及泉”“深造自得”云云。

我还是认为读书，特别是读一点古书，比看电视、去娱乐场所，甚至比上网更有收益，更有意义，更有涵泳。我还是提倡修身养性。中国古代哲学家、文化人讲涵泳，讲六艺之学，即讲礼、乐、射、御、书、数，讲诗词歌赋、琴棋书画，讲人的品位、人的意境。人不是行尸走肉，人活着，要活得有尊严，有格调，有价值，有意义。孟子说："人之所以异于禽兽者几希，庶民去之，君子存之。"（《孟子·离娄下》）这句话意思是说，人与禽兽的差别其实很小很小，君子保留了这一界限，而小人却抹杀了这一区别。

我们提倡博雅教育与君子人格。中国传统文人很看重个体的生存品位与品质，很重视人文的熏陶和修养。孔子讲："志于道，据于德，依于仁，游于艺。"（《论语·述而》）孔子又说："兴于诗，立于礼，成于乐。"（《论语·泰伯》）优游、涵养、陶冶于礼乐教化之中，通过诗教、书教、礼教、乐教来培养社会精英，提升民间的品位，是传统知识分子的重要任务。孔子有"知其不可而为之"的品格，有"文王既没，文不在兹乎"的担当意识，以"天命在我""天生德于予"的自觉，一身系斯文传续的使命，同时，也有"吾与点也"之叹。其实子路、冉求、公西赤三人从事军政外交的志向，孔子并非不认同，相反，他总是鼓励弟子有外王事功之实践与建树，但是在当时的语境中，孔子独独默许曾点的优游涵泳："莫春者，春服既成，冠者五六人，童子六七人，浴乎沂，风乎舞雩，咏而归。"（《论语·先进》）没有这种生活意境的人是读不懂"吾与点也"的。曾点在这场对话中表现出的胸次悠然、直与天地万物上下同流的意境，其志趣的特出、独到，使夫子叹息而深许之。可见个体生存的意义世界，与个体人之身心的涵养有很大的关系。人有别于禽兽，自不待言，且不唯此也。人不仅仅是语言、逻辑的动物，不仅仅是社会政治的动物，还是具有宗教性、道德性和美感的动物，这都需要涵养。要有所养，养气、养心、养性、养情、养才。靠什么养？在古代是靠人文的六艺之学，靠四书五经之教。

我们传统的心性论是一座富矿，可以开采发掘的资源甚多。即使是朱子的心性论，其实也不是那么面目可憎，相反非常有亲切意味。二程、朱子诚然强调“天理”对“人欲”的控制与调整，但主要指的是内在性的调控，不是外在性的强加。“情”需要节制，并非中国哲学家的专利，古今中外的大哲学家、伦理学家没有不讲导情、节情的，“情”之泛滥总不是一件好事。

现在我们讲可持续发展，讲和谐社会，这都有古代文化资源的基础。人与生存环境的共生关系，历来为中国人所重视。《庄子·齐物论》曰：“天地与我并生，而万物与我为一。”这里表达的是“天、地、人、物、我”整体和谐的智慧：无论是类别的人、群体的人，还是个体的人，与无限的宇宙，与有形有限的世界，与天地万物，都可以达到契合无间的理想状态。孟子说：“亲亲而仁民，仁民而爱物。”（《孟子·尽心上》）张载说：“民吾同胞，物吾与也。”（《正蒙·乾称》）我们爱自己的亲人，进而推己及人，爱周围的人，爱人类，爱草木、鸟兽、瓦石，爱自然万物和人造的万物，这些爱当然是有差等的。但仁者把自己与天地万物看成是一种共生的关系。程颢主张天地万物与己一体，原无分别。《识仁篇》云：“仁者，浑然与物同体。”又说：“仁者，以天地万物为一体，莫非己也。”（《二程遗书》卷二上）这当然是一种超越的理境。儒家主张通过仁爱之心的推广，把人的精神提升到超脱寻常的人与我、物与我之分别的“天人合一”之境。这同时也表达了一种共生共存的意识。在古代思想家看来，人与自然万物，如草木、鸟兽、瓦石、山水，如驯养之动物、栽培之植物、衣食住行之器物，等等，是密不可分的整体。天地万物是不同差异的统一体。在这个统一体中，万物各安其位，各遂其性，各得其所。

孔子是中国文化的伟大代表，是万世师表，联合国都以孔诞为教师节，为什么中国反不以孔诞为教师节呢？中国是中华文化的正宗、正统，唯其如此，更应以孔诞为教师节。这是教师的尊严与光荣之所在。

汉语、国学等的教育是国本，不可动摇。十多年来，我一直在批评一种现象，即我国大陆的各层次教育中，忽视母语的教育，忽视本土历史文化的教育，把英语、西方文化教育看得比母语、本土文化的教育更为重要，完全是本末倒置！现在中国的大众文化已被美国文化严重入侵，所谓美国大片横行无忌。反过来看一看法国及欧洲其他一些国家，他们严格限制大众媒体肆无忌惮地播放英语节目或所谓美国大片。法国知识界不断批评、指导法国的传媒与文化界，法国政府也十分自觉地捍卫法兰西语言的纯洁性与法兰西文化的尊严。相反，我们都失职了！我不是反对学习西方，相反，我是积极主张拥抱西方文明的，我在本院的哲学教学中，为以西文学习西方哲学经典创造了很好的条件。我们开办的国学试验班、中西比较哲学试验班，都是开放的，有的课程也用英文上。但我认为，这一定得有一个界限，即中国的教育（从幼儿教育到博士生教育），法律允许的中国教育，一定要以母语与本土文化为主导和主要内容。我们现在讲自主创新，讲建立自主创新型国家，首先振兴的应是中国自己的文化传统。中国人靠什么走向世界？中国人的精神文化中当然包含着几千年来与外来文化的融合，中国文化当然是变动着的文化。但中国之为中国，中国文化之为中国文化，一定有自己内在性的东西，有主导性与主体性的常道，这是不可动摇的。因此，我反对所谓“双语教学”

的提法，甚至有的大学提倡“全英语教学”，那是应当禁止的。在大学里，适度有点汉英双语教学是可以的，但大量使用英文原版教材，盲目提倡全英语教学，却值得警惕，如同美国所谓大片在我国电影市场横行无忌一样，长此下去，我国会丧失民族文化与教育的主体性，变成美国或西方的文化与教育的“殖民地”。

（原载上海《文景》2006 年第 7 期）

国学与现代民众的生活

近十多年来，我常常到我国台湾地区和韩国、日本出席会议或讲学。总的感受是，其民间社会的空间比较大，生活中，传统文化、礼俗的传承比我国大陆好。今天，我国大陆的民间生活更加多元化了。企业、媒体、社群、宗教团体中需要更多的社会资本与文化资本，包括本土文化资源。我们今天的文明，需要更多地借鉴古代的文明。

我们现在所说的“国学”，当然包括传统文化的各方面，例如包括从古代到近代的蒙童之学、语言、文字、天学、地学、农学、医学、数学、数术、方技等，也包括歌舞、戏剧、书法等。国学中包含有大量的社会、民俗、制度、生活世界的内涵，同时又是中华人文精神之根，是我们民族的终极信念所在，是安身立命之本。国学是开放的，包含了历代消化了的外来文化。学习国学更重要的是把握中华人文精神与价值理念，了解中华文化可大可久的所以然，堂堂正正地做一个中国人。

实际上，国学具有草根性，在我们的老百姓中，包括不识字或文化水平不高的像我的祖父母、父母亲那样的人，包括“文革”后期我插队落户时周围的农民老乡，我当工人时到两湖、江浙的工厂培训时遇到的一些工人师傅，绝大多数平民，我的大、中、小学的老师们，所有这些以不言之教与言教影响其子弟与周围人的精神的群体，主流的价值仍然是友善、仁爱、正直、良心、为人着想，堂堂正正地做人做事。老百姓接受并影响他人的生活哲学，是带有儒家文化密码的蒙学读物与民谚、民谣中的仁慈善良、廉洁勤谨、与人为善、德福一致，例如“勿以善小而不为，勿以恶小而为之”等，以及《三字经》《千字文》《弟子规》和四书中的一些内容。

但是，五四运动以来，对中国人负面的国民性的揭露，有些过头了，伤害了我们的民族性。尔虞我诈，内斗内耗，当我们出现一些丑恶的现象，就会把账算在国民性上，或要中国文化来承担责任。我觉得我们要把民族文化的真髓，滋养、凝聚老百姓的真诚的理念，作为中华民族这样一个多民族的族群认同与伦理共识的仁爱思想、浩然正气，大大地弘扬出来。我不认为这是高头讲章。比方说，人民中其实有很多相互关爱的品格与事例，我们要把这些民间留存的仁爱忠信等道德资源加以保护、拓展。比方说我与同学 1968 年下乡的时候，我们是抱着尖锐斗争的心态下去的，以为我们是革命派，下去是去斗争“地富反坏右”的。结果乡亲们慢慢地化解了我们的仇恨心，他们为批斗对象讲好话，在物质上、精神上关爱我们。他们家里的鸡蛋、蔬菜很少，但总是送给我们吃。在田间劳动时，他们告诉我们不要蛮干，不要一口气就把一辈子的饭吃掉了，要我们学会保护自己，又教我们干农活的技巧。慢慢地，我们就懂得了人间的温情。我小的时候，目睹自己的父母也是在家里非常艰难的时期，节衣缩食，但对邻居与逃荒讨饭的灾民仍予以接济。我觉得仁爱不仅是一种理想性的东西，而且是在民间有根源的活的东西。

国学的再发现，并不是复古，更重要的是，其中的价值观念能更多地渗透到现代人的意识之中。国学之一的儒家思想与制度也可供当代的制度安排者与秩序设计者参考，例如“礼”之中就有不少可以转化的。儒家思想可以与现代政治自由主义、生态环保主义、女性主义对话。比方说，我们实行社会主义的市场经济，必须兼顾公平与效率，有关公平与社会公正的思考，正是儒家的强项。又比方说，年轻人讲自由，其实，不管是政治、哲学、道德、美学等层面的自由，还是伯林讲的消极自由与积极自由，在儒家的论说中都十分丰富，值得发掘。现代的政治法律制度，不可能不建立在德行伦理之上。我们的家庭伦理、社群伦理、工作伦理、企业伦理的建设，都可以在儒学中找到资源。在生态伦理、文明对话、国家间与族群间的交往伦理方面，国学资源都大有可为。我们有责任做创造性转化的工作。就自由主义者必须具有的独立批评能力和精神、道德勇气、担当精神而言，就自由、理性、正义、友爱、宽容、人格独立与尊严等自由主义的基本价值而言，就民主政治所需要的公共空间、道德社群而言，就消极自由层面的分权、制衡、监督机制和积极自由层面的道德主体性而言，儒家和传统诸家都有可供转化和沟通的丰富的精神资源。儒家的道德主体为政法主体预定了位子。

作为一个中国人，不能不读四书（《论语》《孟子》《大学》《中庸》）。四书之于中国，如同《吠陀经》《奥义书》之于印度，《古兰经》之于阿拉伯，《新约》《旧约》之于西方。

一个社会，如果没有基本的伦理共识，那是非常危险、非常可怕的。再严密的法律，代替不了社会的伦理道德；进一步说，健康的现代化的法治社会恰恰是建立在民众的底线伦理、民众的伦理共识的文化土壤之上的。

（原载《长江日报》2006 年 11 月 23 日理论版）

请读一读四书与《老子》《庄子》

我校图书馆《新世纪青年》的编辑邓丹同志通过 E-mail 向我约稿，让我谈谈读书的心得，并推荐书目。我也很乐意与同学们交流。作为中国人，特别是中国的大学生，四书与《老子》《庄子》是不可不读的，这几种书是中国智慧的源泉。

首先是四书（读四书的顺序：《大学》《论语》《孟子》《中庸》）。宋代以降，中国知识分子没有不读四书的。四书之于中国人是终极信念所在，做人做事的本源，安身立命的根据，也是中国文化可大可久的依凭。

《论语》记载了孔子与弟子或当时的政治家、学者们的对话，平易亲切，恬淡中寓意深长。《论语》这部书，我不知读过多少遍，教过多少遍，反复诵读，每一次都有新的体验与收获。孔子强调要在人事活动中，特别是道德活动中去体认天命、敬畏天命。于此，才能“不怨天，不尤人，下学而上达。知我者其天乎！”（《论语·宪问》，下引《论语》只注篇名）正因为生命有了这一超越的理据，所以儒者才有了积极有为的担当意识和超越生死的洒脱态度：“人能弘道，非道弘人。”“志士仁人，无求生以害仁，有杀身以成仁。”（《卫灵公》）“朝闻道，夕死可矣。”（《里仁》）“三军可夺帅也，匹夫不可夺志也。”（《子罕》）“不降其志，不辱其身。”（《微子》）天下贯于人的心性之中。天不仅是人的信仰对象，不仅是一切价值的源头，而且也是人可以上达的境界。人本着自己的天性，在道德实践中可以内在地达到这一境界。孔子思想并不是如黑格尔在《哲学史讲演录》中所说的，只是一些俗世伦理、常识道德（那是黑格尔的欧洲中心论的偏见）。孔子的人性、天命、天道思想有深刻的哲学形上学与宗教的终极关怀的内容。

孔子的重“礼”重“仁”，是对三代至春秋时期的文化成就，尤其是对周公以降的文化成就的继承。孔子超乎前代思想家最主要的贡献，是把“礼”的内核“仁”，即人文价值理想确立起来并做了多层面、多维度的发挥。“仁”是孔子思想的中心观念，也是中国哲学的中心范畴之一。

孔子一般不直接说“仁”是什么，正如老子一般不直接说“道”是什么一样，这也是中国哲学的表达方式。我们可以通过孔子与当时人的对话体悟“仁”的多重意蕴。具体的对话在具体的时空中进行，有特殊的语言场景，提问者有不同的年龄、身份、性格、经验、问题意识与提问方式，孔子又善于因材施教，引而不发，因此我们要慢慢琢磨体会孔子之言，任何抽象的、只停留在表层文字上的理解，都难免挂一漏万。

孔子说：“人而不仁，如礼何？人而不仁，如乐何？”（《八佾》）“仁远乎哉？我欲仁，斯仁至矣。”（《述而》）这里指出了礼乐背后是生命的感通和人的内在的真情实感、道德自觉。“仁道”及其标准并不远离我们，现实的人只要有自觉，只要想去行仁，仁就在这里了。道德是真正显示人之自我主宰的行为，道德是自己对自己下命令，是“由己”，而不是“由人”，即不是听任他律的制约或他力的驱使。孔子是世界上最早认识道德主体性和道德自由的文化伟人之一。当然，这并不抹杀礼的积极意义，礼是社会的节与度，合于礼、实行礼的过程是人性化的过程。孔子维持了仁与礼之间的创造性张力，这是培养君子人格、从事道德的自我修养的很好的方法。

不读《论语》《孟子》，便不知道做人的尊严、人格的力量、人生的价值与意义。傅斯年先生当台湾大学校长时，规定台大所有院系一年级学生必修一个学期的《孟子》、一个学期的《史记》，可见傅先生之有眼光。这大概就是台湾地区通识教育的开始。

孟子辩才无碍，说大人则藐之，掷地有声。孟子有着自由知识分子的骨气和傲气，有着“舍我其谁”的气魄、胆识。他发展了孔子关于“德”与“位”的矛盾学说，举起了“以德抗位”的旗帜，对后世知识分子有极大的影响。他有“天爵”“人爵”的区分：“有天爵者，有人爵者。仁义忠信，乐善不倦，此天爵也；公卿大夫，此人爵也。”（《孟子·告子上》）天爵是在价值世界里才能达到的境界，而人爵只是世俗的功名利禄。天爵作为精神世界里的高尚道德、人格的尊严，操之在己，求则得之，不可剥夺。因此，君子所追求的是天爵而不是人爵。孟子认为，道德原则或精神理想是人自身所具有的，而不是依赖他人赐予的最为宝贵的东西，这就是“良贵”。别人给你的贵位不是“良贵”，“良贵”是自身具有的。孟子还创造了“浩然之气”这一名词。他说：“我善养吾浩然之气。”这种盛大流行之气，充盈于宇宙之中。他的性善论不是向善论，性善是不可以与性恶相对的。因为荀子的性恶论只是从事实经验的层面立论，然而孟子却不同，他讲的人性，是天赋的，“天之所与我者”。人在事实经验上的不恶与为恶，不能否定人之所以为人的类本质、类特性。

老子哲学体系的核心是“道”。什么是“道”呢？老子及其后学很少正面地给出界定，但留下了不同层面的说明、暗示、隐喻，让人们去体验并接近“道”。

“道可道，非常道；名可名，非常名。无名，天地之始；有名，万物之母。故常无欲，以观其妙；常有欲，以观其徼。此两者，同出而异名，同谓之玄。玄之又玄，众妙之门。”（《老子·一章》）这里涉及“道”与“名”、“道”与“有”“无”、“道”与万物的关系。“徼”指边界，即事物间的界限，也可引申为端倪。“玄”谓幽深难测。“道”是整体性的，它在本质上既不可分割，也不可界定、言说。“道”是无限的，不可以用有限的知性、名言加以界说或限制。可以言说、表述的“道”与“名”，不是永恒的“道”与“名”。“无名”是万物的本始、源泉，“有名”是各种现象、事物的开端。这表明“道”也是先于语言概念的。无欲之人才能体悟“道”的奥秘，利欲之人只能认识事物的边界或表层。“道”与“无名”是同一个东西的两个不同的名称，都叫作“玄”。“无名”是无形无限的宇宙本体，“有名”是有形有限的现象世界。通过两者之间的变化，人们可以探索深邃幽微的宇宙本体和奥妙无穷的现象世界的门户。

道之“体”与道之“用”的密切联系。“道”的功用，“道”的创造性，源于道之体的虚无、空灵、不盈，也就是不被既成的、既定的、常识的、合理的、现实的、规范的东西所塞满、窒息，因而能“有无相生”（《老子·二章》），即“无”与“有”、“道”与“德”在相对相关、相反相成的过程中创生新的东西。请注意这里的“有无相生”的“无”，与前面作为“道”的代词的“无”是不同的，有层次上的区别。“道”是“有”与“无”的统一，是超乎相对相待的“有”与“无”之上的绝待。在宇宙、现象世界生成的过程中，“有之以为利，无之以为用”（《老子·十一章》)，即“有”提供了客观便利的条件基础，但“有”一定要在“无”的创造性活动作用、力量及活动作用的空间（场域）或空灵境界中，与“无”相结合，才能创造出新的有用之物，开辟出新的天地。正是在这一背景下，老子讲“道常无为而无不为”(《老子·三十七章》)。实有之用是有限之用，虚无之用是无限之用，无用之用乃为大用。老子的道体具有超越性、绝对性、普遍性、无限性、圆满性、空灵性。

老子认为，获得知识靠积累，要用加法，一步步肯定；而体验或把握“道”则要用减法，一步步否定。在他和他的后学看来，真正的哲学智慧，必须从否定入手，一步步减掉对外在之物的占有欲望及对功名利禄的追逐与攀缘，一层层除去表面的偏见、执着、错误，穿透到玄奥的深层中去。“为学日益，为道日损，损之又损，以至于无为。无为而无不为。”(《老子·四十八章》)减损知、欲、有为，才能照见大道。“损”，是修养的功夫，是一个过程。面对一现象，要视之为表相，得到一真理，要视之为相对真理，再进而层层追寻真理的内在意蕴。宇宙、人生的真谛与奥秘，是剥落了层层偏见之后才能一步步见到的，最后豁然贯通在我们人的内在的精神生命中。“无为而无不为”，即不特意去做某些事情，依事物的自然性，顺其自然地去做。

按照老子的道德理想、道德境界、人生智慧和人格修养论，他推崇的美德是：见素抱朴、少私寡欲、贵柔守雌、慈俭谦退、知足不争、致虚守静、清静无为、返璞归真。老子以此为至圣与大仁。这是老子对人生的感悟，特别是对春秋末年贵族阶级奢侈生活的批判，对贵族社会财产与权力争夺的沉思，对财产与权力崇拜和骄奢淫逸的警告。通过冷静观照，老子揭示了淡泊宁静的生活旨趣，看到逞强、富贵、繁华、暴利、暴力、权势、浓烈的欲望、奢侈、腐化、夸财斗富、居功自恃、骄横等等。故老子的解构与孔子的建构有异曲同工之妙。

先秦儒家是“天”或“仁”或“诚”的形上学，“天”“仁”“诚”是创生万物的超越根据。在此背景之下，儒家肯定“有”，也就是现实的日用世界。儒家的天道与性，其刚健、清静、澄明的精神，亦相当于“无”。道家之“道”，也是生成万物的超越根据，它涵括了“无”与“有”之两界、两层。道家以“无”设定真实的本源世界。就道体而言，道是无限的真实存在实体；就道用而言，周溥万物，遍在一切之用。道之全体大用，在“无”界中即用显体，在“有”界中即体显用。“有”界是相对的现象世界，“无”界是超越的精神世界、绝对的价值世界。相对的“有”与绝对的“无”相互贯通。这是就两界而言的。若就两层而言，“无”是心灵虚静的神妙之用，是“道”之作用层；“有”是生、为、长养万物之利，是道之现实层。《庄子·天下》赞扬关尹、老聃“建之以常无有”。“建之以常无有”是真正的哲学智慧。道家这种既无又有，既相对又绝对，即妙用即存有之双向圆成的玄道，启发了后世魏晋玄学、宋明道学（理学）之即体即用、即无即有的模型。但道家之道的实现方式是否定的方式，是“不”“反”“复”，即通过虚无保证存有，通过不有、不恃、不宰、不争、贵柔、守雌、去生、不为，来长养万物，那么这种“有”其实也是虚有。道家形上学的重心是“无”，是“道冲”，“用之或不盈，渊兮似万物之宗”（《老子·四章》），是不生之生、不有之有、不长之长、不用之用、不宰之宰、不恃之恃、不为而为。“无”之本体论是一种特殊的睿智，强于境界的品格而弱于现实的品格。

《齐物论》表述了庄周的“天地与我并生，而万物与我为一”的思想，强调自然与人是有机的生命统一体，肯定物我之间的同体融合。“齐物”的意思是“物齐”或“‘物论’齐”，即把形色性质不同之物、不同之论，把不平等、不公正、不自由、不和谐的现实世界种种的差别、“不齐”，视为无差别的“齐一”。这就要求我们以“不齐”为“齐一”，即提升自己的精神境界，在接受、面对真实生活的同时，调整身心，超越俗世，解脱烦恼。此篇希望人们不必执定于有条件、有限制的“地籁”“人籁”之声，而要倾听那自然和谐、无声之声、众声之源的“天籁”，以消解隔膜、是非和有限的生命与有限的时空、价值、知性、名言、概念、识见及烦、畏乃至生死的系缚，从有限进入无限之域。本篇以相对主义的视域，反对唯我独尊，不承认有绝对的宇宙中心，反对各是其是、各非其非，主张破除成见，决不抹杀他人他物及各种学说的生存空间，善于站在别人的立场，更换视域去理解别人，而不以己意强加于人。

《逍遥游》反映了庄子的人生观。他把不受任何束缚的自由，当作最高的境界来追求，认为只有忘绝现实，超脱于物，才是真正的逍遥。本篇宗旨是“至人无己，神人无功，圣人无名”。作者指出，“逍遥”的境界是“无所待”，即不依赖外在条件与他在的力量。大鹏神鸟虽可以击水三千，背云气，负苍天，飘然远行，翱翔九万里之高，然而却仍有所待，仍要依凭扶摇（飙风）羊角（旋风）而后始可飞腾。有的人才智足以胜任一方官吏，行为足以称誉一乡一地，德行足以使一君一国信服，按儒家、墨家的观点，可称得起是德才兼备的人，但庄子认为他们时时刻刻追求如何效一官、比一乡、合一君、征一国，仍有所待，因此宋荣子略胜一筹。宋荣子能做到“举世誉之而不加劝，举世非之而不加沮，定乎内外之分，辩乎荣辱之境”，已属不易，然而他能“存我”而未能“忘我”，更未能物我兼忘，仍不是最高境界，因此列子又胜一筹。列子日行千里，任意而适，无所不顺，更不多见，但他仍有所待。他御风而行，飘飘然有出尘之概，可是没有风他就无能为力了，仍不能谓为逍遥之游。“若夫乘天地之正，而御六气之辩，以游无穷者，彼且恶乎待哉？”这就是说，有比列子境界更高的人，他们顺万物本性，使物物各遂其性，没有丝毫的造作，随大自然的变化而变化，物来顺应，与大化为一，即与道为一。如此，随健行不息的大道而游，还有什么可待的呢？因其“无所待”才能达到至人、神人、圣人的逍遥极境。这个境界就是庄子的“道体”，至人、神人、圣人、真人都是道体的化身。庄子的人生最高境界，正是期盼“与道同体”而解脱自在。

“各适己性”的自由观的前提是“与物同化”的平等观。逍遥无待之游的基础正是天籁齐物之论。庄子自由观的背景是宽容，承认自己的生存、利益、价值、个性自由、人格尊严，必须以承认别人的生存、利益、价值、个性自由、人格尊严为先导。这种平等的价值观肯定、包容各种相对的价值系统，体认其意义，决不抹杀他人的利益、追求或其他学派、思潮的存在空间。这样，每一个生命就可以从紧张、偏执中超脱出来，去寻求自我超拔的途径。章太炎《齐物论释》正是从庄子“以不齐为齐”的思想中，阐发“自由、平等”的观念。“以不齐为齐”，即任万物万事各得其所，存其不齐，承认并尊重每一个体自身具有的价值标准。这与儒家的“和而不同”“己所不欲，勿施于人”的恕道正好相通。

道家强调无用之用，儒家强调有用之用。儒家之“有用”，即建构人文世界，以人文化成天下；道家之“无用”，则要从人文世界中超越出来，回归到自然而然的自然境界。道家把“无”作为“道”最崇高的性相，儒家把“有”作为“道”最崇高的性相。

儒家的理想人格是圣贤人格。儒家心目中的圣人或圣王，有着内圣与外王两面的辉煌。虽然“内圣外王”一说出自《庄子·天下》，然而后来却成为儒家的人格标准。内圣指德行修养，外王指政治实践。儒家强调在内圣基础之上的内圣与外王的统一。因此，儒家人格理想不仅是个体善的修炼，更重要的是责任感和担当意识，是济世救民，努力为国家、民族和人民建功立业，即使遭到贬谪也以深沉的忧患系念天下百姓的疾苦和国家的兴亡。儒家也有其超越精神，穷居陋巷，自得其乐，安贫乐道。道家庄子的真人、圣人、神人、至人、天人的理想人格，与儒家有别，其特性是：独善其身，超然物外，一任自然，遂性率真，与风情俗世、社会热潮、政权架构、达官显贵保持距离。这是庄子和道家的神采情韵。与儒家积极入世的现实品格相比，道家凸显的是超越和放达，以保持距离的心态，批评、扬弃、超越、指导现实。

（原载2006年武汉大学《新世纪青年》与《武汉大学报》）

四书应该进中学课堂

德高望重的国学大师、九十多岁高龄的老教育家任继愈先生最近在为新华出版社引进我国台湾地区的《国学基本教材·论语卷》《国学基本教材·孟子大学中庸卷》写的序言中指出："多年来我发现了一个普遍现象：奠定一个人的人生观、世界观，不是在大学学了哲学或政治课开始的，而是在中学时代，从十二三岁时随着身体的发育、知识的积累、意志的培养平行前进，同步开展的。再回想自己成长的过程，也是在中学时已经考虑过将来如何做人。"他又说："教育最终目的在于育人。人是社会的成员，社会培养他成长，成长后反过来为社会奉献他们的聪明才智。古今中外社会都是这样走过来的。对社会有用的人，不光有丰富的知识，还要关心国家大事，除了专业分工以外，还要熟悉祖国的历史、对世界大势有所了解，对艺术欣赏，辨别美丑，对人间的善恶有判断的能力。""要养成关心别人，帮助弱者，坚持真理的品格。这是一个现代公民必备的基本条件……这样的基本要求，起码要有十几年的系统培养……中学是为培养全面发展的幼苗打基础的阶段，只有语文课可以负担这个任务，其他课程无法替代。"任先生的意思很明显，四书进中学的课堂，作为国民教育的基本内容，是非常必要的。

世界著名物理学家、1957年度诺贝尔物理学奖得主杨振宁博士在回忆录《曙光集》中说，在十来岁读初中一、二年级的两个暑假，其父克纯先生（芝加哥大学博士，回国任数学教授）让他读《孟子》，并请雷海宗教授介绍了一位历史系的优秀学生丁则良来教他《孟子》。在少年与青年时代，杨振宁可以背诵《孟子》全文。《孟子》使杨先生一生受益无穷。

著名植物学家、中国科学院院士、2007 年国家最高科学技术奖得主吴征镒教授，一辈子遵守其父母传下的“五之堂”家训。这“五之”，就是《中庸》中的“博学之，审问之，慎思之，明辨之，笃行之”。吴家六兄弟中出了两个院士。《中庸》使吴家子弟高尚其志，又使其掌握了很好的思想方法与治学之道。吴教授从幼年起即恪守家训，成年后又把这治身治学的格言传给了后辈的科学家。

四书或称“四子”，是儒家重要的经典，也是中华文化的宝典。《论语》在汉代即是妇孺必读的书，四书自宋代以来是中国人必读的书，是中国人的基本信仰与信念，是中国人的安身立命之道，是家传户诵之学，哪怕是乡间识字不多甚至不识字的劳动者，也通过口耳相传的蒙学读物与民间文艺，接受并自觉实践其中做人的道理。其中的“仁爱”“忠恕”之道，“己欲立而立人，己欲达而达人”“己所不欲，勿施于人”“老吾老，以及人之老；幼吾幼，以及人之幼”等格言，直到今天，不仅是中国人做人的根本，而且是全人类文明中最光辉、最宝贵的精神财富。儒家核心价值，四书的主要内容，又通过私塾乡校、教书先生，通过唱戏的、说书的，从各种渠道流向社会，影响世道人心。

四书之于中国，如同《吠陀经》之于印度，《古兰经》之于阿拉伯，《新约》《旧约》之于西方。四书根本上是教人如何做人，不读四书，不知道做人的尊严、人格的力量、人生的价值与意义。宋代张载（横渠）说："为天地立心，为生民立命，为往圣继绝学，为万世开太平。"这是中国古代知识分子的文化理想，也是他对儒学精义的概括。按梁启超先生的说法，《论语》《孟子》等是两千多年来中国人思想的总源泉，支配着中国人的内外生活，其中有益身心的圣哲格言，一部分久已在我们全社会形成共同意识，我们既做这社会的一分子，总要彻底了解它，才不至于和共同意识生隔阂。[①]台湾著名心理学家杨国枢先生讲，以儒家文化为基底的中国文化其实是形塑中国人的心理和行为的非常重要的精神资源。

任何一个社会、一个族群，作为其文化土壤或社会文化背景的有两个东西，一个叫"伦理共识"，一个叫"文化认同"。所谓"文化认同"或者叫"民族文化的自我身份认同"，解决的是"我是谁""我来自哪里"的问题，是个体人所归属的民族文化的基本身份的自我定位，是精神信仰的归乡与故园。所谓"伦理共识"，其实是民众中隐性的然而又是有约束力的价值观、生活态度、对待家庭与社会的方式及终极信念的共同点。一个社会、一个族群的生活如果没有"伦理共识"与"文化认同"，那是非常危险、非常可怕的，不免会遭受脱序的危险，当然也就不可能有健康的现代化，不可能有健康的政治、经济、科技、文化的建设。实际上，健康的现代化，健康的法治社会、工商社会的建构，不能不依赖于"文化认同"与"伦理共识"。再严密的法律，代替不了社会的伦理道德；进一步说，健康的现代

---

① 梁启超：《国学入门书要目及其读法》及《治国学杂话》，俱载《胡适文存二集》，亚东图书馆，1934 年。

化的法治社会恰恰是建立在民众的底线伦理、民众的伦理共识的文化土壤之上的。而四书，正是孕育中华民族的“伦理共识”与“文化认同”的基本经典，其中所讲的道理，例如仁、义、礼、智、信等，就是中华民族的核心价值观念，直到今天还活生生地扎根在老百姓心中，继续为中华民族的成长与复兴起着积极的作用。包括四书在内的人类文明的经典，可以陶冶现代人的性情，治疗现代人的心理疾病。

1993年在芝加哥，6500位来自世界各地的宗教界领袖、神学家及其他人士，通过了《走向全球伦理宣言》。这个宣言有两条基本原则，其中之一就是孔子的“己所不欲，勿施于人”。这被推广为现代国家、民族、宗教、文化之间相互对话与交往的黄金规则。

日本“企业之父”涩泽荣一以《论语》作为培训企业管理人员的教材。日本的一些现代大企业，例如松下、丰田、索尼等公司，其企业哲学与企业文化的建构，对管理层与员工的轮训，运用《孝经》与四书等儒家经典，来确立“商业之道在于德”的思想，以此建立人性化的管理模式。丰田公司的管理理念是“天地人，智仁勇”。“天地人”来源于《孟子·公孙丑下》：“天时不如地利，地利不如人和。”“智仁勇”即“知仁勇”，其是儒家的“三达德”，来源于《论语·子罕》：“知者不惑，仁者不忧，勇者不惧。”也来源于《礼记·中庸》：“好学近乎知，力行近乎仁，知耻近乎勇。”“知、仁、勇三者，天下之达德也。”松下幸之助的名言是：“松下生产人，同时生产电器。”他建立了一个庞大的培训中心，每年可以轮训五万名员工。松下电器商业学院把儒家哲学与现代管理熔于一炉，对学员进行严格的教育。学院的纲领是：严守产业本分，以期改善和提高社会生活水平，为世界文化的发展做出贡献。学院遵守的信条是：和亲合作，全员至诚，一致团结，服务社会。学院把儒家经典《大学》中的明德、亲民、止于至善作为学员研修的目标，并做出了创造性的诠释："明德"就是竭尽全力，身体力行，实践商业道德；"亲民"就是至诚无欺，保持良好的人际关系；"止于至善"就是为实现尽善尽美的目标而努力。他们认为，要培养"商业之道在于德"的思想，必须从《孝经》开始。三井集团等创办的商业学校，要求学生每天上午背诵《大学》《中庸》《论语》的片段，并对儒家伦理中的修身、齐家、治国、平天下，以及忠、孝、礼、义等内容进行辩论。可见，儒家资源对现代化的企业管理与社会管理有积极的意义。

作为一个国家的国民，有接触本国经典的义务。一个西方人，不管从事什么行业，在他接受的家庭、社会、学校教育中，起码诵读过、学习过《荷马史诗》、柏拉图或亚里士多德的希腊哲学、西塞罗的罗马政论、莎士比亚的文学作品等等。这都是被视为当然的，是他们的人文修养的基本功。法国的小学、中学的国文教育，注重本土文化思想的训练，中学生即开始学笛卡儿、马勒伯朗士的哲学，孟德斯鸠、卢梭的政治学，等等。一个中国人，也应当掌握好母语，具有中国文化的常识，诵读一些中国经典。

德国特里尔大学的文学院院长、汉学家波尔教授（他的中文名叫卜松山）曾经在北京与特里尔多次郑重地对我说过："你们中国有很好的伦理资源，特别是儒家文化中有很多很好的做人的道理，可惜你们放弃了，没有用这些本土的文化资源教育后代，这非常遗憾！"

我特别要说明的是，儒家教化不是所谓的道德说教，而是春风化雨；儒家教育不仅不排斥技艺，而且恰好正是寓于礼、乐、射、御、书、数等技艺之中的。儒家的教育方法，绝不是今天的满堂灌，而是以启发式为主，孔子主张“不愤不启，不悱不发”，孟子主张“以意逆志”“深造自得”。儒家讲的教育，是全面的、广义的教育，包括今天的知识教育、技术教育、道德教育、生死教育、艺术教育、身体教育等德智体美的各方面，包括今天的家庭教育、社会教育、学校教育等各层次。《礼记·学记》把教育的社会功能概括为16个字：“化民成俗，其必由学”“建国君民，教学为先”。教育功能的两个方面：第一是培养国家所需人才及人才的全面性，第二是形成良风美俗、道德风尚与人文环境。这两者又是相互联系、交叉整合的。

中国人很重视家风、家教。著名学者、中外哲学与佛学研究专家汤用彤先生在讲述自己的学养时，首先讲“幼承庭训”，即幼儿时期所接受的启蒙教育。古代叫“正蒙”，即开蒙的时候一定要端正。国文与国学教育要从娃娃抓起，这主要依赖于家庭教育、幼儿教育与社会教育。我国古代的诗词歌赋、琴棋书画，对幼儿、少年乃至成年人的性情的养育都有益处。现代公民社会需要博雅教育、心性修养教育与君子人格培养。让儿童愉快地、适当地背诵一点蒙学读物、古代诗词，很有好处，终身受益无穷。这不仅对孩子们学人文有好处，而且对孩子们学科学也有好处，对孩子们将来做人、立身行事都有好处。过去一些有名的自然科学家都有很高的文化修养、文史哲的功底，例如数学家华罗庚院士、李国平院士，生物学家吴熙载教授等人都擅长诗词书法。他们小时候都背过经典，接受的教育很全面。

四书的教育，贯穿、渗透到社会、家庭的各个方面，起着良好的作用。要培养对社会、国家、民族有用的栋梁之材，不管他将来做什么事业，根子要扎正，特别是做人的教育、人文的教育、道德的教育应视为根本。这正是四书进中学课堂的重要理由。

（原载《光明日报》2008 年 4 月 14 日第 12 版）

有感于小学生打一点国学基础

据2009年2月24日《武汉晨报》，武汉市积玉桥学校组织小学生适当背诵一点国学经典，我阅后兴奋不已。我很钦佩该校领导与老师们的胆识。我觉得该校的经验值得在全国推广。孩子们从3岁到14岁，是记忆力最好的时期，不趁这个最佳时间攒一点童子功，背一点祖国文化经典，将成为终身遗憾。所以，该校的孩子们将终身受益。蒙学读物《三字经》《弟子规》等，国学经典四书、《老子》等，都是人的性情教育、博雅教育的最好教材，孩子们一读一背就能理解一部分，因为国人对国学有天然的亲和感。先背熟，再慢慢理解，用一生来反刍，这也是中国教育的传统。这不是死记硬背，而是与生命合一的体验。希望家长们与孩子们一起来读，相互交流。由于涉及人生哲理，而且古代经典词约义丰，故不仅孩子们，就是成年人也不可能一下子完全理解，这要靠心灵在人生漫长的实践中去慢慢领会。现在中小学语文教育有很多问题，把汉语变成非驴非马的东西，从现在中小学语文课的考试题上可以看出，变得莫名其妙，有些选择题无从选择。语文还是要多读范文，去政治化，去形式化，去庸俗化，纯洁我们的语言，要求文字生动活泼，让学生多读多写。多年来，我一直在讲“多读四书，少读鲁迅”，因为鲁迅的文章很难读，比文言文还难读，孩子们还不具备读鲁迅的基础。

各民族、各国家的现代化与自身的传统文化绝不是完全对立的，而是彼此渗透的。打一点国学基础，适当读一些古文，练习毛笔字，适当学点诗词歌赋、琴棋书画，是非常重要的训练，对孩子们性情的养育、陶冶至关重要。更多的人习得传统的做人做事之道，是健康的现代社会的需要。人的全面性、完整性的养成，是高品质的现代化的人力资源的基础。人不是单面的知性的人，更不是经济动物。现在日本最大最好的企业，培训海内外高管和员工，用的教材就有《论语》《孟子》《孝经》《老子》等。希望把积玉桥学校的经验推广到全国各小学，国民教育就应当这样做。我们武汉大学办有国学试验班，欢迎积玉桥学校的学生及类似有国学童子功的孩子们将来来深造。传承文明是国民的责任与义务，我们对古代文明的理解还太肤浅。国学是参与现代化建设的积极力量，而且不仅仅只具有克服现代病、治疗现当代顽疾的作用，也不仅仅只具有心理慰藉的作用。国学的主要精神与价值理念，仍然是人之所以为人、中国人之所以为中国人的安身立命之道，是当代健康的法治社会的民族文化认同与伦理共识之基础。重建中华民族自己主体性的文化价值，才能实现民族的伟大复兴，重新贡献文明于全人类、全世界！

（2009 年 2 月致《武汉晨报》编辑）

反对中学文理分科，增加儒家经典教学

——我对国家中长期教育规划纲要的意见与建议

教育部：

多年来，我在民间演讲中曾多次论述过反对中学文理分科的意见，关于为民族传统文化的传承立法的意见，关于让四书的更多内容进入中小学课堂的意见，等等。我也在不少文章中发表了类似意见，例如在以下拙文中讨论过：

1.《浅谈大学人文教育、国学教育的课程设置》，《读书》2006 年第 4 期。

2.《人文教育从经典导读出发》，《中国教育报》2006 年 5 月 18 日第 7 版。

3.《郭齐勇访谈录：文化传承与教师素养》，《中国教师》2006 年第 5 期。

4.《漫谈国文与国学教育——兼及博雅教育、心性修养与君子人格》，上海《文景》2006 年第 7 期。

5.《武汉大学的人文通识教育与“国学试验班”、“中西比较哲学试验班”的创办》，甘阳、陈来、苏力主编《中国大学的人文教育》，生活·读书·新知三联书店，2006 年。

6.《时机与意义：国家的兴盛与国学的复兴》，《中国社会科学内刊》创刊号 2007 年第 1 期。

7.《对当前国学热的反思》，《珞珈讲坛》第三辑，武汉大学出版社，2008 年。

8.《“四书”应该进中学课堂》,《光明日报》2008 年 4 月 14 日第 12 版。

9.《让传统文化融入当代生活》,《人民政协报》2008 年 12 月 22 日 C04 版。

在以上文章中，我的有关看法，简言之如下：

幼儿教育与中小学教育中的中国文化教育应是基础的基础。因此，全社会都应当重视对幼儿、小学生和中学生加强中华民族历史知识、历史意识与人文精神的教育。不然，大学的人文教育就根本没有办法做好。我国应当为民族传统文化的传承立法，或者说，应当在法律上规定，必须对幼儿与小、中、大学生进行传统语言与文化的教育，维护民族语言与文化的纯洁与尊严，必须改变目前青少年学英语的时间、精力大大超过学习母语的状况。建议中学语文课程增加文言文的比例，至少要占五成，还应恢复中小学生练习毛笔字的课程。此外，中学文理分科的问题，作为高考指挥棒的附属物，似应有更加合理的解决方案。从公民的文化教养与民族的文明发展来看，中学生的文理分科是应当为法律所禁止的。片面凸显知性而忽视全面性的中小学教育，直接影响中国人的素质。

母语、国学的教育是国本，不可动摇。十多年来，我一直在批评一种现象，即我国各层次教育中，忽视母语的教育，忽视本土文化的教育，把英语、西方文化教育看得比母语、本土文化的教育更为重要，完全是本末倒置！现在中国的大众文化已被美国文化严重入侵，美国大片横行无忌。反过来看一看法国及欧洲其他一些国家，他们严格限制大众媒体肆无忌惮地播放英语节目或所谓美国大片。法国知识界不断批评、指导法国的传媒与文化界，法国政府也十分自觉地捍卫法兰西语言的纯洁性与法兰西文化的尊严。相反，我们都失职了！我不是反对学习西方，相反，我是积极主张拥抱西方文明的，我在担任武汉大学人文学院、哲学学院的院长时，在本院的教学中，为以西文学习西方经典创造了很好的条件。我们开办的国学试验班、中西比较哲学试验班，都是开放的，有些课程也用英文上，请外国学者上。但我认为，这一定得有一个界限，即中国的教育（从幼儿教育到博士生教育），法律允许的中国教育，一定要以母语与本土文化为主导和主要内容。我们现在讲自主创新，讲建立创新型国家，首先振兴的应是中国自己的文化传统，增强中华民族历史文化的意识。中国人靠什么走向世界？中国人的精神文化中当然包含着几千年来与外来文化的融合，中国文化当然是变化着的文化。但中国之为中国，中国文化之为中国文化，一定有自己内在性的东西，有主导性与主体性的常道，这是不可动摇的。因此，我坚决支持有的课堂教学使用英文教材或用英语教学，但反对所谓“双语教学”的提法，更反对有的大学提倡所谓“全英语教学”，那是应当禁止的，是文化不自信的体现。

作为一个国家的国民，有接触本国经典的义务。我认为作为一个中国人，要了解的最基本的经典是四书（《论语》《孟子》《大学》《中庸》），还有《老子》《庄子》《六祖坛经》《史记》《汉书》《诗经》《楚辞》等。现在，我们的影视中，充斥大量的莫名其妙的所谓“你的内人”（见电影《满城尽带黄金甲》）、“你的家父”（见电视剧《走西口》）等让人啼笑皆非的说法，传统文化素养之低下，可见一斑。包括中央电视台在内的电视台的节目中，字幕用语的不规范、不准确，已经令人难以容忍。此外，我们也要反对将中国历史文化及其经典庸俗化的倾向。

尤其是做人做事之底线与根本的教育，尤其是仁爱、诚信等中华民族价值系统的重建，更是迫在眉睫，与我国健康的现代化息息相关。我建议：让四书的内容更多地进入中小学课堂，特别是初中生应完整地学过一遍四书全文，这基本上是把根扎正，接受起码的做人之道的教育的问题，也是国民文化认同、伦理共识的基础。一定要在国民教育中更多渗透关于人生信仰信念、理想人格的教育，不是说教，而是浸润。当前，社会上对幼儿与中小学生的知性教育太过太偏，盲目追求高精尖，已走上绝路，应该到了迷途知返的时候了。我们全社会（指政府、社会、学校、家庭）对幼儿、青少年的道德教育太不足了，我说的不是教条化的、形式主义的、脱离实际的、手电筒对外的、与身心修养无关的、适得其反的那一种，而是浸润式的，养育品性的，与生命、生活融会的，从小事做起的，以老师、家长等成年人的身教为主且身教、言教一致的，与全民文化素养的提升相统一的，与智、体、美及技艺的教育相渗透的，与现代人的行住坐卧、待人接物等生活规范及尊老敬贤、仁民爱物、宽容大度、敬业乐群等博雅君子的温良恭俭让品行的养成相一致的道德教育。

从减轻中小学课业负担来说，要减掉一些政治教育的内容，改革教材内容与教学方法，渗透道德教育、人生教育和性情教育的内涵。对哲学社会科学的教育，应循序渐进，不能教条化。现在有的教育内容变成小学学一遍，初中学一遍，高中再学一遍，大学又学，到了硕士、博士还是那一套，严重浪费教育资源，反而造成学生厌恶反感。一定要有层次性。初中及以下，主要是做人的基本的教育；高中适当学一点哲学社会科学的内容，把中外原著经典、中外哲学史与理论相结合，生动丰富。改革开放30多年了，中小学政治课的内容与教法应改一改了。

（2009年2月寄教育部并发表于网上）

家世与亲人

我出生在一个小小儒商家庭，据传远祖是从山西辗转迁到江西来的，而我们这一支又是在“江西填湖广”的人口迁徙运动中，约于清代从江西迁来湖北的。那时从江西迁居到武昌鲇鱼套至巡司河一带的人家应不在少数。

祖上有耕读传家的传统。大概到了高祖、曾祖与祖父这几代，都是靠从湖南运木筏、毛板船来做木板、寿木生意过日子的。清末至民国期间，武汉用的煤，主要靠湖南运来，运载工具是无动力的简易毛板船，船来后将煤堆在离我们家不远的炭场角，船则就地拆卖。

祖父生于光绪十八年（1892 年），属龙，曾在武昌高级商业学堂（又称武昌高级商业甲种学堂）读书，那时能上此学堂的人不多。他曾考上官费留日，有机会到日本留学，因是独子，曾祖父走得早，曾祖母的生活无人照料，便没有走成。祖父毕业后当过武昌艺专总务科科长。

祖父在我们那一带，即武昌城边八铺街、新桥街那一带威信很高，属于社会贤达一类的人，是当地慈善机构“至善堂”的负责人之一，也曾当过保、甲长。抗战时武汉沦陷，日本人来的时候，要他做武昌市（当时叫武昌市）商会会长，他坚决不干。父亲设法把祖父安顿到汉口法租界里躲了起来，住了一段时间。祖父隐退后，继续做木板、寿木生意，也做过粮食生意。1949 年后，祖父在街道办业余夜校，教街坊识字，也组织民间诗社，与友人唱和。他不是精英，是民间性的儒生中的一员，一种生活化的民间下层的儒商，热心公益，教育子孙做到仁义忠信、乐善不倦。他是新派，英文、数学都学得很好，毛笔字、英文都写得很好，让后辈读新书，也读《古文观止》。新中国成立初期，祖父还曾当过武昌区的政协委员。

可惜家谱毁于1956年，前辈的很多人与事都不可考。我只知道，先祖父是“正”字辈，讳正堃，字子厚，以字行。先父是“修”字辈，讳修绪，字幼陆。先父兄弟姊妹八人，四男四女，先父为长子。我们这一辈是“齐”字辈。大概我们家这几代是以《大学》中的“格”“致”“诚”“正”“修”“齐”“治”“平”为辈分的，可惜我们这一代之后未能继承下来。我们的名字基本上是祖父取的，大哥名“礼”，大哥后面的一位哥哥名“义”，不幸夭亡。祖父本来要按“礼义廉耻”来取名的，因齐义兄夭折，二哥的名字则改另一思路，取为“家”。三哥出生时恰逢祖父的五十大寿，父亲坚持取名为“庆”。四哥与我的名字则叫“智”与“勇”，是按孔子提倡的“三达德”来取的。姐、妹的名字分别为“娴”与“淑”。我本有一弟弟名“彪”，三四岁时病亡。先父母生了九个，成活的有我们七个，五男二女，过去讲这是最有福气的家庭，兰桂齐芳，七子团圆。

我们家就住在武昌城外巡司河畔新桥旁边的板厂街。小时候听父亲讲，北伐时叶挺的部队就是从新桥打进武昌城的，而大革命失败后写了《请看今日之蒋介石》的郭沫若则是通过我们屋后的货运铁路上的火车离开武汉的。护城河巡司河是我们的母亲河，河水从武泰闸经过新桥（过去水面窄，此桥的前身是廊桥，桥上有围栏，有顶与瓦，后改为石木桥）、解放桥（以前叫中正桥，新中国成立后修成水泥桥，修桥时一度在旁边架过浮桥），通过鲇鱼套与长江相连。虽然汛期长江水倒灌入河，我们家至八铺街一带往往淹水，住户不得不临时迁居到堤内张江陵路一带的人家或学校去，颇为不便，但一般说来，汛期以外，巡司河两岸的环境还是比较好的。河水清澈，我们吃水、淘米、洗菜、钓鱼、游泳，都在此河中。家里有大水缸，我们从河里挑水。20 世纪 50 年代后半期至 70 年代则是到街里的自来水管处去排队买水、挑水吃。夏天在屋门外摆竹床乘凉或睡觉。我很怀念住在巡司河畔老屋里的日子，那里有很多有趣的童年生活的记忆。20 世纪 70 年代后期我们家离开了祖居之地，随三哥搬到珞珈山。而那以后，巡司河遭受厄运，成了垃圾场，污染严重，臭不可闻，后用水泥板给盖上了，上面跑汽车。近几年我曾去寻找故地，面目全非，不堪入目。

我们是长房，与先祖父母住在一起，祖父母言传身教，兄弟姊妹耳濡目染。祖父教我们学习，每天写一张大字、一张小字，做十几道算术题，还背诵范文诗词（祖父挑选的古诗文与新诗文）等。1954 年 8 月底，我到武昌四小（保安街）小学报名，学校老师说我实足年龄未满七岁，让我过一年再来，其实我也就差一个多月。我哭着回家找祖父，他牵我去，请老师通融，才报上了名。上小学后，祖父仍给我们布置家庭作业，仍是写大小字、做算术、读范文等。家里有一些蒙学读物（《三字经》《百家姓》《千字文》《千家诗》），以及《颜氏家训》《朱子治家格言》与一些善书等，祖父母、父母亲口中常说“黎明即起，洒扫庭除”“积善之家，必有余庆”“火要空心，人要忠心”等。家里的堂屋有香案、八仙桌、太师椅等，中堂挂有书法家路达的手迹——“忠恕”两个大字，堂西面还有很高的神龛，供奉“天地君亲师”、四代祖宗的牌位与诸神。我还记得，小时候，每逢初一、十五与各节气，祖母、母亲会摆上供品，带着我们几个小孩敬香、跪拜。七月半还要在屋外烧纸钱、烧包袱等。记不得什么时候，大概是 20 世纪 50 年代晚期，“大跃进”以后，除少数日子外，基本上停止了这些活动。“文革”被几度抄家，则完全砸烂了神龛及一些家具。先祖父寿 84 岁，先祖母寿 86 岁。

小叔、小姑与长兄年相若，1949 年以后，他们参军、参干、去外地读书，给家里带来新的思想。祖父与父亲关心时政，家里常年订《人民日报》或武汉市里的《大刚报》《长江日报》，自小学高年级起，我与四哥就开始读报了。

先父是一位极平凡的人，只有高小文化程度。因为家大口阔，他是长子，13 岁就离家去汉口江汉路一家布铺当学徒，学做生意，后来当会计。我的大哥、二哥告诉我，父亲曾对他们说过，他当学徒时，一个月才能回一趟家，他看着江水就想哭，非常想家。他与先母一起，承受极大的生活压力，努力照顾祖父母和诸叔叔、姑姑，养育我们兄妹。父亲也曾做行商，有时到上海，有时到襄阳、樊城、老河口。在抗战期间，他赚的钱多数给祖父母养大家，少量才给母亲养小家。祖父名下的老宅是父亲赚钱改扩建的，由木板屋变成三进的砖瓦屋，有前面的工坊、中间的天井，还有后院等。后来又架了电线，点上了电灯。我的大姑父和大姑母因生活无着落，1947 年秋到南京化学兵的子弟学校与幼儿园教书，后随军赴台湾，住在花莲。他们赴南京时的盘缠与生活费，也是我父亲给的。新中国成立后父亲摆竹篙摊，公私合营时几家私人的竹篙、竹器店合在了一起。父亲后来在国营土产商店当会计，每个月不到 50 元工资，养一大家人。他也拿过定息，一季度才一元几角钱。“文革”前“四清”运动重划成分时，他被划了个“资方代理人”，那是因为新中国成立前三年他在汉口一家布铺为一位湖南的商人做代理，全盘负责经营管理。父亲经历了抗战、内战、新中国成立后的公私合营与“文革”等等历程，一生艰辛、勤劳、敬业、尽责，即使在“左”的氛围与压力下也不改变做人的原则。

小的时候，我们常听父亲说，人活着，要有志气。父亲于2004年6月4日去世了，享年91岁。他去世前一个多月，很吃力地、断断续续地对我说过一些话，我记忆很深的有这样两层意思：一是说，他这一辈子，没有害过人，从不搞坑蒙拐骗，不欠公家、他人的一分钱，对得起自己的良心，对得起公私商店的老板、负责人和朋友；二是说，他也放心了，我们兄弟姊妹都走上了正路，没有一个吃喝嫖赌的。他去世前说的这些话，很平实，很普通，而且说的都是一些伦理底线的内容，但这就是中国老百姓的生活信念、价值观念。

我的父母亲再苦再累也努力把幺叔培养出来，资助他上了文华中学与中山大学。我的大哥在文华中学读初中时跳了一级，提前毕业，自主选择上了中专，享受全额助学金。大哥选择上高工，一方面是向往并立志投入新中国的工业建设，另一方面也是考虑到家里经济状况不好，负担太重，读中专不要学费。他1953年就出来工作，先在省工业厅，后到沙市从事轻纺工业与科技方面的技术工作和领导工作。因为当时读师范也是有助学金的，二哥于1956年考上北京师范大学，三哥于同年考上武汉第一师范学校。二哥、三哥读书时很节俭。二哥暑假不回家，勤工俭学，寒假才回家，在火车上吃从学校食堂里买的窝窝头。二哥1960年留校教书，三哥17岁毕业就被分到武汉市第十四中学教书。三位兄长协助父母供我们四位弟妹读书。在我的记忆中，我们四人上小学、中学时，虽然当时学杂费不贵，但因家大口阔，每年的学杂费都是分几次缓缴的。

先母是大冶保安镇朱家山头人。外祖父家朱姓，祖上清末民初曾在镇江、南京做小官，母亲童年时还住过镇江、南京。外祖父是讲武堂的学生，曾做过监利税务局局长。母亲名讳致明，又名善宝，小名和和。她成年后一直用善宝之名，此名显然源于《大学》引述的《楚书》："楚国无以为宝，惟善以为宝。"母亲是长女，与致雨舅舅很亲，我们两家来往密切。她只有初小文化程度，能背诵一些蒙学读物与朱柏庐《朱子治家格言》等，一生辛劳，自奉克己，与人为善，是治家的能手。母亲常讲将心比心，让我们设身处地为别人着想。她经常帮助邻里，人缘很好，街坊都亲切地称她"大嫂子"，对这位"郭家大嫂子"十分尊重。母亲于2006年2月9日走了，享年93岁。母亲对我们的言传身教，难以言表，永世难忘，最重要的就是她老人家随时随地总是首先替别人着想。先母的爱、善良、仁慈、包容与谦和，是留给我们后人的最大财富。

每每念及双亲在苦难困顿中谋生、治家的艰辛，一幕幕场景浮现在心头。我仿佛又回到武昌城边巡司河畔、新桥边的老屋（板厂街九号），看到父亲瘦弱的身影，母亲边做饭边与我拉家常。他们抚育了我们七位兄弟姐妹及若干孙子女，让我们身心健康地成长，多么不容易啊！

我自孩童至青年间，目睹双亲在贫寒的家境中，如何节衣缩食，孝敬老人又抚育我们，一桩桩一幕幕，历历如在目前。至今难以忘怀：一觉醒来，煤油灯下母亲仍在缝缝补补。邻居李医生一家人都很善良，他们家有缝纫机，母亲向李太太学缝纫，她很快学会了剪裁，常到李家为我们做衣服。她把父亲与我们收拾得干净洁馨。母亲操劳全家老少吃穿的安顿，繁重的家务已使她十分辛劳。我 11 岁那年，1958 年，为了生计，她又与另几位女性一起拉板车送货。母亲毕竟很少外出干活，没有经验。一次从新桥到武汉重型机床厂（二十多里路，当时路面很不好），拖着沉重的一车竹篙，道路泥泞，母亲弯腰使劲挪动陷于泥沟的车轮，未及调整姿势，不料车轮从一只脚背上轧过……当年底，母亲又大病一场，卧床数月。

生活的重压使父亲很少有笑容，然无论多么困苦，隔数月或半年，父亲总要牵着我们最小的三兄妹到武昌的长街（解放路）玩一次，或者到群众剧场、人民电影院看一场电影，然后走到司门口曹祥泰食品店，一定给我们每人买一两个便宜的点心，让我们站在曹祥泰门外吃。小妹问他为什么自己不吃，他推说不爱吃甜食……有一年大哥回来了，大哥也把我们三兄妹带到长街，逛一家书店，帮我们买科技方面的通俗读物，买点心糖果。四哥与我有时把买早点的钱攒下来买书。暑假，我们到煤店做煤，赚一点工钱，做一个假期才得几元钱。

三年困难时期，父母都患严重浮肿，他们想方设法，瓜菜代，让全家老小度过饥荒。记得父亲与三哥从单位或自由市场买回南瓜、藕、红薯或一点羊油，那都是全家很高兴的事。寒假，三哥买了一些电影票、戏票让我们看，说是以精神生活补充物质生活。

“文革”时老屋被公家没收，老屋里挤进了四户人家，祖父母与我们只剩下两间小屋。娴姐远赴郧县工作，智哥读书刚参加工作，我与淑妹则下乡当知青。分开过以后，家里经济更为紧张，“文革”后期家里很困难，父母亲完全靠咸菜、豆腐乳过日子。

20 世纪 80 年代以后，国家的状况好了，我们家里的生活也大为改观，父母曾到沙市、北京和武汉的子女家长住，我们子女辈都尽力让他们过得愉快。父亲 1978 年中风后坚持自主锻炼，很有毅力，每天坚持下楼走三千步，渐渐康复，生活基本自理。母亲 1991 年装了心脏起搏器，她几次大病，都逢凶化吉。由于大哥大嫂做表率，我们兄弟姐妹很团结，在赡养老人方面都能通力合作，尽心尽力。

本书多数篇章撰写的时候，先严先慈大人尚健在，一大家四代人其乐融融。先父为我誊抄过稿子，1999 年，先母甚至在我主持郭店楚简国际学术研讨会时，一边操持家务，一边为我做“秘书”，在我外出时竟代替我接答过不少电话。

父母相继离开了我们，使我们真正体会到“子欲养而亲不待”的痛楚与悲怆。我再也不敢夸口“君子三乐”的第一乐。虽然他们晚境都好，且寿过九旬，然而作为人子，仍有诸多的遗憾与怅惘。先严先慈含辛茹苦，全力养育了我们，恩重如山！尤其是他们于细微处教我们如何做人的言传身教，都已春风化雨，潜移默化在我们兄弟姊妹的身心之中，又由我们传给下一代。

我们家也算是教师之家，七兄妹与配偶共十四人，其中，除大嫂是省工商银行技改处高级工程师（原为沙市向阳纺织厂工程师）、淑妹是荆州棉纺织印染厂职员外，其余十二人都在教育部门工作。大哥从沙市调回武汉后，任国家科委计算中心负责人、国家科委管理学院（这一单位近年并入华中科技大学）党委书记兼副院长。二哥一直在北京师范大学教育系任教授、博士生导师，他是中国教育史学家，兼任中华孔子学会副会长，弘扬中华文化，倡导儿童读经，并且身体力行，现又在北京师范大学珠海分校讲授中国传统文化课程，主要讲四书、《老子》等。二嫂是北京师范大学实验小学的数学老师、班主任。三哥是武汉大学附属中学教语文的高级教师、主管教学的副校长，一度还兼党总支副书记及工会主席。三嫂是武汉大学附属中学教历史的高级教师。四哥曾任洪山中学主管教学的副校长、马房山中学的党总支书记，是教语文的高级教师，曾获评武汉市劳动模范、湖北省优秀班主任与优秀园丁，现仍在大方学校主持教学管理工作。四嫂是洪山中学教数学的高级教师、年级主任。姐夫是郧阳师专物理系教授、系主任，姐姐任该校财务处处长，曾获评湖北省先进会计工作者。妹夫是荆州市机械电子工业学校教物理的高级教师。我在武汉大学教书，内子则是武汉电力职业技术学院教水力学、水轮机的高级讲师。我们的下一代中，又有四位侄儿女、外甥女与配偶等在大学、中学任教。祖父一生坚守“诚实不欺，公平守信，热心公益，乐施不倦”的信条，以“仁义忠信”教育子孙。父亲告诫后人：“一要诚，二要清。诚心、诚实、诚朴；清廉、清白、清净。”大哥教育我们：“寿本为仁，乐生于智；勤能补拙，俭可养廉。”这些是我们郭家近世三代人的家训。

最后再讲讲我的岳父母。岳父朱济川先生自1930年进入武汉大学工作，一直在该校总务、教务部门做职员，曾任科长。1952年院系调整时，调到水利学院任教务科科长，直至20世纪70年代中期因病退休。岳父好静，平日工作中好动脑筋，特别负责任，有些事还带到家里来做。他与世无争，心灵手巧，会修缝纫机与手表。他会拉京胡，是京剧票友。抗战时期，他与岳母随武大一道西迁乐山，曾任朱光潜教务长的秘书。20世纪80年代初，我们陪岳父母到北京旅游，还专门去北大拜访朱光潜先生。“文革”中，他也到长阳干校等处劳动多年，吃了不少苦。“文革”期间，岳父一家被迫迁居到无厕所的只有十几平方米的平房。他知道武大一些老前辈的很多掌故，常对我娓娓道来。岳母没有工作，操持家务，善剪裁与缝纫，生活很节俭。岳父母大人相濡以沫、心心相印一辈子，晚年几乎同时归道山。岳父平日身体很好，

1993 年 3 月忽然大病住院，我们在医院照料，平日身体衰弱的岳母在家，心里很着急，也卧病在床。4 月 11 日岳母在家里走了，13 日岳父在医院也跟着去了，他们到天国相会，再互相扶掖。他们过着平凡的生活，一生老老实实做人，皆寿 84 岁。

我的祖父母、外祖父母、父母亲、岳父母、舅父母、兄嫂姐妹等人都以不忍、恻隐之心关爱、接济亲友、邻居、学生、水旱灾年的乞讨者等。先母常对我们讲“勿以善小而不为，勿以恶小而为之”“老吾老，以及人之老；幼吾幼，以及人之幼”，这些都潜移默化为我们的生活信念与方式。我们做人、做事、待人接物，自然就走上积善成德的路。儒家仁、义、礼、智、信、忠、孝、诚、恕的理念并不是空洞的教条，而是在家庭长辈、学校老师无言与有言之教的熏陶下，浸润、转化为我们的心性与行为。

庚寅（2010 年）春节

儒学教育并非仅是知识性的

儒学从来都是与教育有着密切关联的。今天，从蒙学教育到儒商教育与公务员教育，从家庭、学校教育到社会教育，儒学都有很大的空间。要重视对企业管理者、公务员等加强君子人格的培养与心性的修养、陶冶。

记得我在读本科与硕士时，我的老师萧萐父先生把汤一介先生请到武汉大学讲学，汤先生给我们讲过《郭象与魏晋玄学》，也讲过他著名的论述：论“天人合一”“知行合一”与“情景合一”。最难忘的是汤先生等人办的中国文化书院于1985年早春在北京办的第一期中国文化讲习班，我与冯天瑜及陈卫平兄等人都是这个讲习班的成员，我们是“黄埔一期”的。讲习班先后办了五期，影响甚大。记得第一期第一个出场的大师是梁漱溟先生，他在结束演讲时说：“我60年前就说过，将来的世界文化必定是孔子与儒家文化的复兴，我现在仍然坚持这一观点。”我不一定同意梁先生这一结论，但很佩服他的人格精神。我们亲耳听了梁先生及冯友兰、张岱年、周一良、侯仁之、金克木、季羡林、任继愈、汤一介、李泽厚、庞朴、吴晓玲、孙长江、丁守和等先生，以及来自海外的杜维明、魏斐德、成中英、邹谠等先生的演讲，一睹名家之风采，接受了许多新信息与新诠释，颇受教益。讲习班对我们后来改变关于传统文化与现代化的绝对对立的看法起了很大的作用，在我们的心田播下了种子。那是改革开放后的第一波“文化热”。1985年底，汤先生、萧先生主持了在湖北黄州举办的“纪念熊十力先生诞生一百周年国际学术讨论会”。那时黄州还不是开放地区，第一次来了不少外宾（冉云华、杜维明、成中英，还有苏联的布洛夫和日本的坂元弘子等人）与国内知名学者石峻先生等人，颇受关注。那次会议标志着我国研究现当代新儒学的开始，我们也乘机在黄州办了中国文化讲习班。

只是想为将来留下一批能读古书的人

2010年6月25日，武汉大学国学院正式挂牌。其实早在2001年，我与同仁已在武汉大学综合文、史、哲的师资，创办本科国学试验班，当时全国高校尚未办这样的国学班。我们坚持每年一届，至今已有了10个寒暑。该班旨在培养一批对我国传统经学、史学、子学、文学、小学的基本知识、基础典籍和治学门径有深刻理解，能熟练阅读中国古典文献，至少掌握两门外文，且熟悉当今世界人文学术走向，又会熟练地使用计算机、互联网等现代化手段的复合型人才。国学试验班采用“小班授课、经典导读”的方式，克服了60多年来我国文科教育分科太细，又只有通论、通专史课程而不读经典的毛病。我们强调从认字开始，除文字学、音韵学、训诂学、目录学、文献学外，特重四书与《诗经》《尚书》《周易》《左传》《史记》《汉书》《后汉书》《三国志》《老子》《墨子》《庄子》《荀子》《楚辞》《文选》以及出土简帛文献等的导读课程。自2005年开始，我校国学专业挂靠相关学科招收硕士生。2007年，我校正式设立国内首个国学专业博士点与硕士点，并报国务院学位委员会备案，2009年正式招生。我校国学硕士、博士点设有经学研究方向、子学研究方向、史部典籍研究方向、集部研究方向、佛教与道教研究方向等 5 个专业方向。我们在教学实践中既强调打好坚实的基础，又强调开放性，常请海内外专家给国学试验班的同学上课。武汉大学国学院是目前国内唯一具有国学本科、硕士、博士完整培养体系的教学研究单位。10 年来，我们在国家主管部门尚未正式设立国学学科的情况下，本着邓小平同志“不争论”与“摸着石头过河”的精神，努力实践，开拓创新。我们不为别的，只是想为将来留下一点能读古书的人，把文化传承下去，并与各文明对话。我们的教育不仅是知识性的，更重要的是培养学生具有崇高的社会理想、人生境界与做事的精神，故学生们一部分成为关心国事民瘼的读书种子，另一部分毕业后从事各项工作，也感到国学训练使他们受用无穷。

儒学研究的六个向度

儒学研究、国学研究，是中国现代化的内在需要，是多民族统一的大国内在的本有的文化精神与核心价值观之重建的需要。百年来，我们习惯于仰人鼻息，西化、俄化，放弃了自己的立国之本，糟蹋了民族文化，把很多珍宝弃之如垃圾。

儒学研究，我想至少有六个向度。第一是儒学经典的研究。十三经是中国历史上的政治、教育之本，有很多宝贵的治理社会的经验教训的总结，又是对社会习俗、社会生活方式的记录。儒家经典当然不仅只在经部，还在子部、史部、集部中，要花力气整理与研究。第二是儒家人物的研究，包括儒林传、道学传与地方志中的人物的研究。现在中国哲学方面的博士论文、学术研究，多在孔、孟、老、庄、程、朱、陆、王上扎堆，而历史上各地域很多很有影响力的人物却没有人去研究，例如明代经学史上的陈士元、郝敬，明清哲学史上的胡承诺等人。有许多人物的资料尚待搜集、整理。儒学不专属于中国，还有韩国、日本与越南的儒学及其经典、人物。第三是儒学历史的研究。我说的不仅是儒学精英的思想史，还包括社会史、制度史。由于我们的传统社会是儒家型社会，民间社会空间很大，民间自治组织很多，儒学与传统制度文明中的有益成分有密切的关系，如文官制度、教育制度、救荒赈济制度、监察制度等，可以总结并予以创造性转化。礼学中有关于衣食住行、视听言动、生死祭祀的规范规矩，家礼、家训中不乏转化为现代公民社会的规范、规矩的内容。除了制度与规范及儒家美政美俗的功能，还有作为其中内核的以“仁爱”为中心的价值系统需转化。第四是儒学理论的研究，包括对现代性（化）与启蒙理性的反思，与自由主义、唯科学主义、女性主义、马克思主义的对话，与基督教、印度教、伊斯兰教的对话，乃至与整个文明的对话，还有全球伦理、环境伦理的新建构等。当前，特别要纠正五四运动以来国内外学界对中国文化的诸多偏见，有很多看法相沿成习，积重难返，需要拨乱反正。第五是儒学参与现代中国社会文化的建设，中国文化精神的重新凝聚，中华民族的自我身份认同，伦理共识与真正具有内在约束力的信仰系统的重建，成为促进中国现代化健康发展的正面、积极的因素。我特别重视草根的民间社会的重建，例如武汉黄陂“信义兄弟”事迹的重释等。第六是儒学的教育与传承，培养后代。正如本文开篇所说，儒学从来都是与教育有着密切关联的。

儒家的工作不是停留在发发宣言、写写研究论文之上，儒生的本性在知行合一，身体力行，有理想，有人格，落实到做事做人的实处，积极参与社会生活，扶掖青年，弘扬正气，鞭挞丑恶。

（原载上海《社会科学报》2010 年 7 月 15 日第 6 版）

和学生一起会读《礼记》

我的读书总是与我的教书密切联系起来的。本学期我上两门课，一门是为博士生、硕士生开的“《礼记》会读”，另一门是为大一新生开的“国学通论”。“会读”课，顾名思义是围绕若干文本，师生一起读原著（含注疏）、一起讨论的课。有关《礼记》的会读，我们坚持了十多年，每次所读篇目不尽相同。教“国学通论”我的讲法与现行教材不同，既讲读经典，又提升义理，不限于灌输知识。今集中谈前者。

读《礼记》，我们坚持用中华书局影印本《十三经注疏》（附校勘记）之《礼记正义》。大家知道，这是郑玄注、孔颖达疏、阮元校勘本。我们一边读，一边圈点，先通一字之音训及相关的名物训诂，再一句句诵读，弄通每一句，继之弄通每一段、每一章之文字与义理。我主张慢慢读。少则得，多则惑。一经通，数经通。师生一道先啃经典，连注疏校勘一起读出来，打好基础。参考书先不多列，只列四种：元人陈澔《礼记集说》（上海古籍出版社影印本）、清人孙希旦《礼记集解》（中华书局版）、近人钱玄《三礼通论》（南京师范大学出版社版）与钱玄等编著《三礼辞典》（江苏古籍出版社版）。《礼记》不是孤立的，它是“三礼”之一，读《礼记》还应参读《仪礼》《周礼》（即《周官》）相关的部分或借助工具书来弥补。从文献学上看，《礼记》晚于《荀子》，但有很多与《荀子》《大戴礼记》及汉初诸书相通之处，有一些又与最新考古发掘的简帛文献有相关性，故凡读到相应部分必先做文献学的比较，引导同学们去查找，去做文本比较。我特别让同学们重视与郭店楚简、上海博物馆馆藏楚竹书有关的一些文本。

有关篇目，作为一般读书人，起码要读的是《学记》《大学》《中庸》；作为哲学系的学生，着重读的篇目除《大学》《中庸》外，还有《王制》《礼运》《乐记》《经解》《儒行》及与子思子有关的《坊记》《表记》《缁衣》；作为国学院的学生，除以上外，还要读《礼器》《曲礼》《月令》，以及《檀弓》《祭义》等涉及各礼的诸篇。

我随文讲解，有时是兴之所至，不觉手舞足蹈，当然更多的是先做了功课，有所准备的。近年我读、讲《礼记》的关切或诠释有这样几个重点：第一，《礼记》中所蕴含的儒家宗教哲学的内容及其意义；第二，《礼记》中所蕴含的儒家政治哲学的意义；第三，《礼记》中所蕴含的儒家生态伦理哲学的意义；第四，《礼记》中所蕴含的修养身心性情、培养君子人格等教养的意义；第五，《礼记》中所彰显的“仁爱”及其“推爱”的方式与基督教“博爱”之异同。具体如下：

第一，通过读《礼记》，我们从精神信仰的层面肯定儒学具有“宗教性”。“宗教性”与“超越性”是不同的而又有联系的两个概念。从本体——境界论或价值论上去看，儒学当然是具有超越性的。

第二，我们不反对从亚里士多德的两种平等观、罗尔斯的两个正义原则来讨论儒家。儒家在分配上的“应得”和“配得”，以及机会公平、对“最不利者”的关爱及其制度建构方面，可以与西方相呼应。儒家正义论的最有特色的内涵，乃实质的正义。儒家对政治权力的源头、合法性、权力分配与制衡等，有其系统论说、制度与实践。儒家重视社会力量的培植、社会自治、士大夫参政及言路开放。儒家的“道德的政治”就是要坚守政治的应然与正当性。政治权力之根源在天、天命、天道，之根据、本位在人民——老百姓、农工商，之基础是广阔的民间社会空间、民间力量及其自治，之指导、参与、监督与言责则在士人。中国传统的政治文明中（包含理念、制度、实践、民俗诸层面）的许多遗产，值得人们认真地去思考与创造性转化。

第三，《礼记》中的许多篇章表明，中华先民与先秦儒家对生态系统的认识是在容纳天、地、人、神诸多要素的“天地”概念下展开的，这是一种整体论、系统论的观念，以“和”为条件的不断创生是他们对这个生态系统的根本认识。他们对“天地”的创生现象持有价值判断的观念，肯定天地万物皆有内在价值，要求一种普遍的生态的道德关怀，而他们对人性、物性的辩证认识又同时清楚地表明了一种生态伦理的等差意识，或曰不同伦理圈层的区分意识。儒家在从工具价值的立场取用生态资源的同时，并不忽视动植物等的内在价值。从儒家“天人合一”的理念看，生态伦理作为一种新的伦理范式，其确立的基础必须建立在对人性的重新反思之上。

第四，《礼记》中有关人的教养与人格成长，特别是君子人格的养成的智慧，体现了儒家文明的特色。儒家教育是多样、全面的：其内核是成德之教；其目的是培养君子，成圣成贤；其方法是用六艺浸润身心，以自我教育与调节性情心理为主；其功能在于改善政治与风俗；其特点是不脱离平凡生活，知行合一、内外合一的体验。在当代建设现代公民社会、培养平民化的自由人格的过程中，尤其需要调动儒家修养身心与涵养性情的文化资源。

第五，以“仁爱”为核心价值的儒学精神，在今天与未来的世界中，在文明对话与全球伦理的建构中具有积极的意义。“仁爱”与基督教“博爱”的价值有很多共通之处。在人与自然、人与社会、人与人的交往关系，以及人自身的身心关系方面，儒家有极其重要的资源，尤其是“推己及人”“将心比心”的“恕道”和“推爱”“推恩”的方式，值得珍视。“爱有差等”是具体理性、实践理性，恰可证成普爱。儒家强调主体性，特别是道德的主体性，但儒家人己、人物关系，是交互主体性的。成己、成人、成物等是仁心推扩的过程。这对今天的人际交往与文明对话有其积极意义。

今天从理论上理解《礼记》，不能不读一点西方哲学方面的书，以做比较。当然不能受其限制，中国经典、中国精神有很多是西方的东西涵盖不了的。

（原载《中华读书报》2010 年 12 月 22 日第 10 版）

传统文化对科技的影响

常强提问，郭齐勇回答。

常强： 李少白先生在《科学技术史》一书中，阐释了儒家思想对自然科学的疏远，他说："在儒家传统思想影响下，中国哲学一贯重伦理、轻自然、忽视逻辑。这样一种哲学主题，把中国人民的高度思维能力引向了'穷天理、明人伦、讲圣言、通世故'的途径，而和自然科学有关的内容与方法就显得比较贫乏了。"这段话能否作为对"李约瑟难题"的回复？

郭齐勇： 首先，"李约瑟难题"相对来讲是比较复杂、比较难找出明确答案的问题，人们习惯称其为科学王国一道复杂的"高次方程"，很多人对这个问题都有过探讨，但至今为止都没有定论。如果仅仅以某人某段话作为对这个问题的答复，恐怕有以偏概全之嫌。"为什么资本主义和现代科学起源于西欧而不是中国或其他文明？"这是在客观历史进程已经发生过后，人们试图再来寻找答案的一种思考。但从文明多元化发展的角度来看，西欧和中国文明、其他文明的差别也在于发展的偶然机缘与历程的不同，所以现代社会能够形成丰富多彩的不同文明的格局。

其次，李少白先生认为儒家思想对自然科学疏远，而在儒家传统思想影响下自然科学比较贫乏，这也是值得商榷的。儒家思想对传统社会的影响是巨大的，从秦汉到明清，儒家思想也对诸子百家、佛家思想有很大程度的吸收，这本身有一个发展变化的过程，这些都构成了中国传统文化的底色。在儒家思想的熏陶下，中国古代在科学技术上也曾有过令人自豪的灿烂辉煌。除了世人瞩目的四大发明，领先于世界的科学发明和发现还有100种之多。举两个例子，北宋沈括《梦溪笔谈》中所记述的科技知识具有极高价值，基本上反映了北宋的科学发展水平和他自己的研究心得，被李约瑟誉为“中国科学史上的坐标”。而明代宋应星的《天工开物》对中国古代的各项技术进行了系统的总结，构成了一个完整的科学技术体系。书中记述的许多生产技术，一直沿用到近代。该书先后被译成日、英、法、德等多种文字，被外国学者称为“中国17世纪的工艺百科全书”。另外，朱子的“格物穷理”，对朱子身后整个东亚的科学与技术发展，乃至对西方科技，有着巨大的良性的作用。这些都足以证明，儒家思想并不一定导致自然科学的贫乏。

常强： 英国来华使节马戛尔尼曾这样评价乾隆时期的中国人：“当我们（欧洲）每天都在艺术和科学领域前进时，他们实际上正在变成半野蛮人。”有人认为，是政治体制导致了中国人思维定式的出现，愚昧的夷狄观念导致明清时代的中国人不能正视西方人及其科技成就，这使得中国越来越落后。是这样吗？

郭齐勇： 首先，历史的发展是波浪式的，世界历史是多线多元曲折发展的。以单线进化论、进步观，以所谓“前进”与“落后”的二分法来衡估历史，这本身就有局限性。钱穆先生就认为西方人喜欢说历史是进步的，这是异体的，存在“我”和“非我”的对立，而中国人看历史认为是转化、绵延的，这是一种同体运动。所以西方文明更多时候喜欢讲征服、讲扩张，中国文明更多强调的是“物我一体”，和谐共存。

其次，怎么样来衡量野蛮与文明？我们的文明发展到辉煌的宋代时，有的人还在森林里裸奔呢！科技进步，人就一定会变得文明优雅吗？这也未必。资本原始积累时期的欧洲人做出不文明甚至野蛮的、种族灭绝的举动，在各殖民地的辛酸血泪史中都有明确记载。而乾隆时期，普通中国百姓的生活倒是显得更为文明或者优雅很多：白话文学的兴盛、戏曲的发展，甚至生活中用于盛饭的瓷碗都绘有唐诗或者山水画，钱穆先生形象地总结为当时平民的日常生活都可以沉浸在诗、文、字、画的境界中。

再次，中国传统政治体制逐步形成大一统的中央集权制，但是地方上有很大的自治空间，基本行政区划也仅仅止于县，基层社会的自治更为普遍。这样的社会，人往往更为自由一些。思维定式与这种政治体制又有何必然联系呢？夷狄观念不是一个政治或民族观念，而是文化与文明观念。中华文明在历史上，在季风性气候的东亚这一大块土地上超越各族群、地域、宗教、阶级而发展。明清之际，中国人对西方是有很大兴趣的，但因满族以游牧部落入主中原进行统治而有极大的不安全感，对当时各种文化思想钳制得相当厉害，这种封闭保守的统治心态对西方文化的吸收与转化极为不利，而正是这种故步自封导致了中国的落后。

常强：国学大师钱穆先生认为，天人合一观是整个中国思想的归宿，也是中国传统文化对人类的最大贡献。天人合一，作为中国人的一种价值观、宇宙观和方法论，对中国古人影响深刻。既然这个理念如此重要，那么中国古代的科技进步，是不是也与天人合一观有关？

郭齐勇：“天人合一”的确是中国古代思想中非常重要的基本

观念，因而也有比较复杂的内涵与各种解释，在汉代体现在政治哲学上是灾异谴告，在宋代体现为个人德行修养的终极依据。而当今比较通行的解释是：天，一是指终极信念的天，二是指自然之天；人，就是人类；合，就是互相理解与结合。一方面，人不能没有终极信念、信仰与归宿感；另一方面，人只是天地万物中的一小部分，人与草木、鸟兽、土地、山川是息息相通的，是一个整体。

这个观点对中国古代科技的发展有促进也有阻碍，要一分为二地看待。因为敬畏天地自然，尊重万物，所以中国人强调的是尽万物之性，人类的匠心不能损伤万物的内在价值，要用人的聪明智巧帮助造化，不能代替造化或者征服造化。从好的方面来讲，中国古代的科技将实用与自然有机融合起来，更为重视可大而可久，为子孙后代的栖息考虑，又倾向于艺术审美方面，在很长一段时间，古代科技也取得了很高的成就。但从不利的方面来讲，这种混沌一体，缺乏逻辑、分析与实证的发展倾向，制约了中国古代科技向精深化、系统化、理论化方向发展，这也是必须指出的。但从人类长久的可持续发展来看，“天人合一”更有意义。近代西方给世界的理念，太功利、太短视了，既不顾列祖列宗，又不顾子孙后代。我个人喜欢的春联是：“古往今来，神人共岁；天长地久，物我同春。”

常强：范曾先生曾问数学家陈省身先生，中国古代文化对陈先生的数学成就有没有影响。陈先生答曰：“否。”中国古代的传统文化，是不是真的对今人的科技成就没有影响？

郭齐勇：中国古代的传统文化更多偏重于人生境界与内心修养的方面，如果用功利主义的观点来看其用途，那肯定是属于无用的。就这点而言，古代文化与陈先生研究的现代微分几何学等内容当然是风马牛不相及。但众所周知，陈先生小时候读过《封神演义》《说岳全传》等小说，而且当时陈先生的作文也是写得很不错的。他看的书门类很杂，历史、文学、自然科学方面的书，他都一一涉猎，无所不读。在他个人经历中，传统文化潜移默化的影响还是存在的，至少对陈先生的人格、思维和修养等方面有熏陶作用。陈先生是“日用而不知”吧！我校已故数学家李国平院士、生物学家吴熙载教授的古代文化素养很好，诗书俱通，他们的为学为人都深受传统的影响。杨振宁博士少年时，他的父亲请人指导他读过两个暑假的《孟子》，他认为获益匪浅，指导一生。

今人的科技成就与古代传统文化没有必然联系，但是有文化底蕴熏陶而具有丰富心灵的科学家所取得的成就和仅仅作为科技工作者所能取得的成就还是有区别的。古代传统文化所能提供的正是一种熏陶、培育与健全人格的作用。

常强：今天的人类，在享受着科技进步带来的幸福与安逸的同时，也在不情愿地咽下自酿的苦酒——地球因我们自身的无限制性发展而遭到严重破坏。正因如此，这些年我们一直强调要构建和谐世界，要坚持可持续发展。但遗憾的是，今天的人们，依然没有完全跳出“人类中心主义”的窠臼。对于这种现象，您怎么看？

郭齐勇：科学技术的发展是一把“双刃剑”，具有两重性，在带来便利与好处的同时，当然也带来了种种不利与危害。所谓“人类中心主义”正是在西方文化讲的物我对立，它是在讲征服、讲斗争的一套哲学中建立的。这种只顾自身与当代的享受，忽视子孙后代的利益、忽视自然环境的保护、忽视各方面的平衡发展，是一种错误的发展观，现今为止已遭到了世界各国人民的质疑。对此，最重要的还是要摆正人的位置，而中国传统哲学中讲“天地与我并生，而万物与我为一”“民吾同胞，物吾与也”“人与天地万物一体”，将人自身和天地万物放置在平等的、同胞兄弟的位置上，追求的境界是和谐共存、共同发展繁荣，这正是现代文明社会所最适宜的生存境界，也是用来克服“人类中心主义”等种种弊病的一剂良方。首先摆正人的位置，再来合理利用发展科技，方能谈得上是科技造福人类。

常强：与经济的发展一样，科技的进步同样也是一把“双刃剑”，利弊兼存。一个优秀的科技工作者，不单单需要技术精良、学问渊博，更需要有良好的道德修养。因此，科技工作者的素质提升，应当是全面的。您认为儒家思想是否可以在科技工作者素质提升方面发挥一些积极作用？

郭齐勇：这是肯定的。儒家思想很重要的一个方面就是强调人要常常反省自我，强调修养个人的身心，这对科技工作者自身的心灵安顿是有积极作用的。科技工作者本身也是普通人，也有精神上的各种问题需要调适、引导。儒家思想中居静、守仁、行义、主敬等各种修身养性的方式都可资利用转化，为科技工作者自身精神修养的提升起到积极作用。

传统儒家主张先修身、齐家，才能治国、平天下。科技工作者不仅仅研究技术，而且更多时候是为了人类社会谋福祉，是为了让人们生活得更好。当科技进步的最终目标放在追求人类共同幸福的情境下，儒家思想对提升科技工作者素质的积极作用就显示出来了。科技只有在正确的价值观引导下，才能被正确发展利用，这点很重要。儒家思想正可以为建立正确价值观提供丰富的资源。比如孔夫子最重要的理念“仁”，讲人要有同情心，有慈悲心，有爱心，要对人对物有真切的关怀与爱护。如果科技工作者建立起这种博爱心胸，那么科技（项目、功名利禄、金钱）本身并不是目的，而是人类长久幸福凭借的一种手段，如此，科技才是服务于人类的，而不是放任自流，甚至戕害人本身的。现在的假药、食品安全危机，不都是利字当头、见利忘义的人造成的吗？

常强：您认为中国古代的优秀文化，在科技日新月异的未来将扮演何种角色？会不会对世界未来的科技进步产生重大的积极影响？

郭齐勇：中国古代的优秀文化，包括政治、经济、军事、文化、艺术、科技等各方面的精华，特别是世界观与方法论，在适当的时候都会为科技发展、人类福祉提供丰富的资源与借鉴。人类社会发展过程中，科技日新月异已经充分展现了其威力，这种求新、求变、求发展、求进步的过程中，古代优秀文化中涉及科学技术的部分将会和现代科技结合，转化为新的生产力，这点是毋庸置疑的。

而在求新、求变的同时，人类生活要求稳定、要求幸福的一面却是变化中永远不变的主题。未来科技进步将更加侧重于人类自身生活幸福感的寻求、生活品质的提高，这点现在已经表现得更为明显了。比如计算机的发展，以前主要运用于大型运算，而现在强调的是个人化、智能化，成为因每个人不同需要而量身定做的帮手，笔记本电脑已经显示出优势。针对这种更为符合人性的科技发展趋势，中国古代文化将提供多层次、多面向的资源。因为古代优秀文化本身就是以生活艺术化、生活中的幸福感作为追求目的的，而这些正是科技人性化发展的有益指导，这样的积极影响是每个人都会期盼的。最重要的是，传统优秀文化主要是陶冶与培养君子人格情操的，这是做人、做事、做学问、做科研的基础，这对政治、经济与科技从业者来说，是管总体的。人心、性情的问题，健康的心理与情商，更为重要。

（原载《儒风大家》2011 年 7 月第 3 期）

将儒学引入基础教育体系

应该怎样做才能保持传统文化绵延不绝？根本上还是要将国学，特别是儒学教育引入基础教育体系。国学是国本，当然是基础教育的主要内容，应以循序渐进的方式，在体制内的国民基础教育中加大国学、传统文化的分量，特别是儒学的分量。用政治教育取代道德教育只能是失败的。国学教育是生命教育、性情教育，是管总体的。中国文化中的很多珍宝还未被我们认识，我们应以健康的心态，以同情理解的方式，学一点经典，慢慢培养我们的兴趣，慢慢理解我们的传统，并创造性地加以转化，使我们的现代化得到健康的发展。

民间儒学，也可以理解为在民间、在日常生活世界里的儒学，或是民间办的儒学，即民间组织推动的儒学。王阳明说："不离日用常行内，直造先天未画前。"（《别诸生》）这说明儒家的道有终极性，同时又在老百姓的日常生活之中。本来儒学就不是书斋之学，而是生活之学，但由于西化的影响，儒学有变成书斋、会议之学的危险，所以我们尤其要提倡民间儒学，并鼓励青年学子立志到民间去弘扬儒学，再植灵根。

民间儒学的现代意义：第一，弘扬以"修身"为中心的格物、致知、诚意、正心、修身、齐家、治国、平天下的精神，克服现代病症，治疗顽疾，促使自然与社会的和谐，特别是使人的心灵得到安顿，使社会生活与现代化良性发展。第二，在广泛吸取东西方各民族文化优长的基础上，在肯定文化的时代性的同时，确保中国文化的主体性，坚持并发展中国文化之为中国文化、中国人之为中国人的基本精神与核心价值。在这个意义上，我们主张“中体西用”或“中体外用”。第三，与佛教、道教和其他民间宗教及其文化一道成长，与已经在民间有了较大发展的基督教（含天主教、新教等）交往对话。保持良好的宗教文化的生态平衡，根本上是使人的精神生活有所寄托与安立。在这里，儒家中人要向基督教徒、教士学习，动心忍性，深入草根民间，博施济众，修己以安人，修己以安百姓，推广儒家诗教、礼教、乐教，让我们这个社会多一些君子，多一些有教养的、温良恭俭让的国民。

就社会理想而言，儒学的理想在今天仍有现实意义。古人曰：“大道之行也，天下为公。选贤与能，讲信修睦。故人不独亲其亲，不独子其子，使老有所终，壮有所用，幼有所长，矜、寡、孤、独、废疾者皆有所养，男有分，女有归。货恶其弃于地也，不必藏于己；力恶其不出于身也，不必为己。是故谋闭而不兴，盗窃乱贼而不作，故外户而不闭。是谓大同。”（《礼记·礼运》）“是故明君制民之产，必使仰足以事父母，俯足以畜妻子，乐岁终身饱，凶年免于死亡；然后驱而之善，故民之从之也轻。”（《孟子·梁惠王上》）这是从古至今，从上层精英到普通老百姓的社会理想。与此相应的表达是“耕者有其田”“居者有其屋”“内无怨女，外无旷夫”“人尽其才，地尽其利，物尽其用，货畅其流”等。就今天的社会而言，人们普遍期待的社会状况是：失业率不高，犯罪率很低，公序良俗得到护持，有全社会的征信系统，贫富差距不大，公民的基本权利得到尊重与保护，全民享有住宅、教育、医疗保险，生态环境良好，食品安全得到保障，人口预期寿命增加，生活品质提升。这就包含着人人平等，伸张每个公民的民主权利、社会基本的公平正义的诉求。

在社会层面的文明上，儒家的理论与实践是大社会小政府，主要是地方与村社自治，有很多自治组织与较大的发展空间，有社与会，有乡约、义庄等，士绅阶层作用很大。

在制度层面的文明上，儒家的制度架构，行政、司法制度，土地、赋税等经济制度，征辟铨选制度（荐举、科举考试），教育制度（开放教育，平民子弟通过接受教育参与政治乃至最高政治），荒政、赈灾的制度，优待老人与弱势群体的制度，各种官制如君相制、三省六部制、谏议制、封驳制与监察制等，这些制度文明中有不少实质公正的内涵与制度设计的智慧，对人类文明的贡献极大，都可以在现代做创造性转化。

就核心价值与个体道德而言，儒家倡导的以“仁爱”为中心的“五常”“四维八德”是源远流长的优秀传统文化中最重要的核心道德价值。这属于“内圣修己”的层面，但人们有了这种价值理念，往往就能敬业乐群，有益于“外王事功”的开拓。儒家的孝悌忠信、礼义廉耻等，仍是我国社会生活中最需要的道德价值。应当看到，当下仍有很多不健康的现象，如老人倒地无人敢扶，毒奶粉，地沟油，商业欺诈，制假售假，假文凭与学术不端，金钱与权力拜物教盛行，钱权色的交易，等等，腐蚀着社会，某种程度上反映了价值失序与道德信念的危机。我们要唤醒人的爱心，这是人之所以为人最重要的东西，是人性人情之根；面对社会诚信出现“断裂带”，我们要努力建设关乎人心的、具有内在约束力的信用系统。健康的市场经济、健康的官德吏治，非常需要“仁爱”“诚信”价值理念的支撑，这有着现实针对性，有助于美政美俗，整饬秩序，是人们现实生活的需要，对今天的社会规范、法律体系起着指导与辅助的作用，有助于社会规范、法律体系的健康构建、实施与完善。

儒家或儒学或儒教，特别是民间的儒家或儒学或儒教，在文化身份的认同、维系世道人心，乃至社会制度层面的改革等方面，在今天的中国文化建设中，大有用武之地。儒家学者不仅要努力与官界、学界、商界打交道，以儒家正道指引官界、学界、商界，还要眼中有民，努力到民间去，弘扬儒学，把会议儒学、书本儒学转化为民间儒学、生命儒学。同时，民间儒学是多样的，它与各宗教的活动，包括外来宗教的传教活动形成健康的互动，保持文化的主体性与生态平衡。

（原载《中国社会科学报》2013 年 12 月 25 日 B07 版）

书房·课堂·路上

——2013年的读书生活

回顾2013年的读书生活，不期然与唐氏兄弟相始终，年初读《唐翼明解读〈颜氏家训〉》，岁杪读《唐浩明评点曾国藩家书》，都与“唐”“家”有关，不禁哑然失笑。

唐氏兄弟满腹经纶，经历颇为传奇，都是才子且都十分勤奋。唐兄为敝校学长，现居江城，自号阅江楼主，时相过从；唐弟虽则未曾谋面，然心向往之。唐兄曾笑言，过去人家介绍浩明，称“这是唐翼明的弟弟”，而现在人家介绍他本人，则称“这是唐浩明的哥哥”。可见浩明已是名满天下了。故出版人做翼明兄的书，封套上印有唐浩明、易中天等人推荐云云，浩明是亲弟弟，中天则是低一班的学弟。翼明兄的书《宁作我》《时代与命运》是时代的见证与生命的呼唤，字字珠玑，掷地有声。作为同辈人，我捧读时，于心有戚戚焉。翼明是魏晋思想与文学的研究大家，性格中也有魏晋风度，由他来诠释《颜氏家训》，可谓得人。家教、家训、家礼、家风，是中国文化基础的基础、核心的核心。翼明的解读，又加上了他负笈北美近十年、执教于中国台湾十八年的体验，对今天我们的家庭、社会与学校教育，特别是立人的教育，大有裨益。浩明不只是作家，也是文化思想史的研究大家，尤精于清世。由他评点曾国藩的家书与语录，也是十分恰当的。浩明精选若干并介绍其中每一通家书的背景，尤其点醒曾氏的心灵世界，在修身养性与齐家治国的多方面给人以启迪。其书为线装函套形式，十分典雅。唐氏兄弟的这两套书都与家及家教有关，其中不乏对中国文化的真髓与密码的揭示，对我们理解中国文化很有帮助。唐氏兄弟都是书家，得他兄弟二人赐书，都有题签，亦是雅事。

我是教书匠，读书围绕着教书而展开。今年教四门课，有“《礼记》导读”“四书导读”“儒家哲学研究专题”等。为备课，我读了任铭善的《礼记目录后案》，王锷的《〈礼记〉成书考》，杜维明的《道、学、政：论儒家知识分子》，牟钟鉴的《涵泳儒学》，朱高正的《近思录通解》，吾妻重二著、吴震编的《朱熹〈家礼〉实证研究》，余纪元的《德性之镜：孔子与亚里士多德的伦理学》等。今年与廖晓炜等人合编《中国哲学史经典精读》一书，选择、点评了百年来中外数十位名家有关中哲史的名著名篇，围绕这一中心也读了不少书。

今年常出差，到外地出席学术会议或做演讲较为频繁。每次出门，我都要随身带一本小书，在机场、飞机上或高铁站、火车上圈点、阅读，竟很有效率。为出行方便，所带书通常是平装本，软面，较薄。现在的书都做得太大太豪华，书架上都放不下，更不方便携带。老实说，我不喜欢超大超厚超硬的书。我近来在出差途中读过的书有：钱穆的《朱子学提纲》（中国台湾出版）、刘述先的《论儒家哲学的三个大时代》（中国香港出版）等。一次到深圳大学出席当代新儒学国际学术会议，偶遇杨书澜女士。我知道她善于策划，是著名的出版人。因都挂着名牌，虽第一次见面，平素彼此都知道，不觉得陌生，马上就聊起天来。我说：“久仰杨老师，您编了很多好书。”她笑着说：“郭老师客气。您看过我编的什么书呢？”我说：“起码有‘人文社会科学是什么丛书’吧。”这时我随手从手提袋里拿出这套书中的一种，恰好是她的先生、我的同行与朋友胡军教授的《哲学是什么》一书。此时，胡军兄走过来了，我们三人看着这本书，“相视而笑，莫逆于心”。事前我根本不晓得胡兄伉俪会来，此次临出差前从书架抽了此书。虽然讲中哲史近30年，但遽然要我回答什么是哲学，还一时讲不清楚。胡书贯通中西，深入浅出，娓娓道来，此书可谓是老中青、内外行咸宜的书。

作为一名教师，最高兴的事莫过于看到学生的著作出版。陈乔见的博士论文《公私辨：历史衍化与现代诠释》新近出版了，我特别高兴。这是我指导的最有学术水平的博士论文之一。作者很有问题意识，善于拨乱反正，厘清了不少理论问题，特别是辨析了五四运动以来，人们习见的、似是而非的有关公与私、公德与私德的一些看法。

我今年还收到不少青年人寄来的台湾花木兰文化出版社出版的大陆的博士论文或博士后出站报告，都纳入了林庆彰先生主编的《中国学术思想研究辑刊》中，统一的硬面加蓝色封皮，封皮上没有书名与作者姓名，全书也找不到指导教师的姓名。大陆一些人文学的学术青年因交不起四五万元的出版费，便把书拿到这家出版社出版，没有稿费，样书也很少，但总算是出了。但我看了，总觉可惜、心酸。为什么大陆出版界就不能扶掖这些青年学术工作者呢？听说政府的出版补贴经费不少，为什么不能把甘霖降给更需要的人呢？

（原载《光明日报》2013年12月29日第5版）

试谈中小学国学教育

一、国学是什么？

国学是中国传统文化的通称，经史子集、诸子百家、儒释道、地域文化等都是国学的重要内容。儒学是中国传统文化的主体，但并不是国学的全部，我们不能把这两者等同起来。传统中国社会的历史文化是流动与变化着的，儒家文化传统也是流动与变化着并与其他文化传统相交织的。但两千五百多年来，儒学渗透到全社会上下，适应、调节着社会经济的发展并指引人们的生活，落实在政治制度、社会风习、教育过程以及个人修养与性情陶冶之中，是海内外华人乃至东北亚、东南亚很多人的生活方式、行为方式、思维方式、情感方式和价值取向的结晶，是朝野多数人的信念、信仰，乃至到了百姓日用而不知的地步，极具草根性。儒学实际是我国走上现代化的基础与铺垫，在未来社会的发展中将起到越来越重要的作用。儒释道是互补的，经学、儒学是国学中最重要的内容。我们不必把国学讲成儒学，以儒学取代国学，但也不必排斥、贬低儒学，一定要认识到传统社会在一定意义上是儒家型的社会。

我认为可以从四个层面来理解国学。第一是常识层面，即国家民族历史文化的 ABC。第二是学术与技艺层面，即传统文化各门类各方面，尤其是地方文化、民间技艺、学术传统之传承。要通过微观精细研究，抢救、整理与继承绝学，古为今用，推陈出新。第三是道德价值与人生意义的层面。按梁启超的说法,《论语》《孟子》是两千多年来国人思想的总源泉，支配着中国人的内外生活，其中有益身心的圣哲格言，一部分久已在我们全社会形成共同意识，我们既做这社会的一分子，总要彻底了解它，才不至于和共同意识生隔阂。今天我们提倡国学，有助于克服工具理性的片面膨胀所导致的人文精神的萎缩或失落，塑造国民的理想人格。第四是民族精神或国魂与族魂的层面。提倡国学与吸纳西学并不矛盾。对于祖国传统文化的价值理念、生存智慧、治国方略，我们体认得越深，发掘得越深，我们拥有的价值资源就越丰厚，就越能吸纳外来文化的精华，越能学得西方文化之真，这才能真正使中西或中外文化的精华在现时代的要求下相融合，构建新的中华文明。世界上任何成功的现代化，都不是失去民族本己性的现代化。换句话说，世界上还没有脱离本土文化传统的成功现代化的范例。

学习国学更重要的是把握中华人文精神与价值理念，了解中华民族与中华文化融会的过程，以及其可大可久的所以然，堂堂正正地做一个中国人。孔子提倡诗、书、礼、乐之教。他讲："志于道，据于德，依于仁，游于艺。"(《论语·述而》)他又说："兴于诗，立于礼，成于乐。"(《论语·泰伯》)他让弟子优游、涵养、陶冶于诗、书、礼、乐教化之中，养成健全的人格。国学中有很多内容及教育方式，属于博雅教育及君子人格培育的范畴，中国传统文人很看重个体人格的生存品位与质量，很重视人文的熏陶和修养。

当前，对国家民族历史文化传统的了解，已成为国人的普遍需求。实际上，任何民族、国家的成员对自己的文化或宗教传统都有了解的义务，同时这也是一种权利。反过来我们可以说，任何民族、国家的文化或宗教传统是其走向现代化的基础与土壤。五四运动以来，特别是“文革”以来，我国一些知识人不加分析地把自己的祖宗文明全部视作糟粕、批判的对象，认为传统文化都是现代化的障碍，所以，体制内的教育中不仅传统文化的内容很少，而且还灌输了很多片面的、似是而非的、矮化或妖魔化中国文化的看法，使之成为几代人的“共识”。这很危险，其危险性是使我们不能建立起真正的文化身份的自我认同、社会伦理的基本共识及终极信念与关怀。我们的大中小学教育中，知性教育偏胜，品性教育不足。人性、性情的教育应重于知识教育，两者应结合起来。政治教育不能代替道德教育、生命教育与性情教育，也代替不了。

国学教育是有神圣性的，虽然可以且应当采取寓教于乐的方式，但是国民需要通过庄严地学习，来理解自己的文化精神传统。中小学教育乃至高等学校的通识教育对一代代国民的基本素养的形成与提高是最为关键的。我国传统的教育，自蒙学阶段开始，特别重视培育孩子们健康良好的心态、性格、情感与品行，使其拥有一定的文化教养。古人说的“蒙以养正”或“正蒙”，即开蒙的时候一定要端正。这是说，由有德的家长与老师对儿童发蒙，教他立志做一个正直的人、有理想情操的人。传统文化宝库中有脍炙人口、传之久远的蒙学读物及一些家训、家礼、家书等读物，剔除其时代局限与糟粕，可以作为幼儿教育和小学教育的教材。

四书五经、《史记》、《汉书》等经典中都有不少有益身心的圣哲格言与故事，教育我们如何立志有恒，如何做一个对民族、对人类有用的人，可以作为中学乃至大学阶段的传统文化教材。毫无疑问，就取得全社会普遍的文化认同、伦理共识与终极关怀而言，就和谐社会的构建与可持续发展而言，每一个中国人都应当掌握好母语（汉语、方言、各族群语言），具有中国历史文化的基本常识。

二、中小学的国学教育

近来，浙江古籍出版社出了一套“国学基本教材”，邀请我做总顾问。本套教材所含书目有：《弟子规》《三字经》《千字文》《千家诗选读》《幼学琼林》《诗词格律》《唐诗选读》《宋词选读》《论语》《孟子》《大学　中庸》《诗经选读》《左传选读》《史记选读》《诸子文选》《颜氏家训》《汉魏六朝文选》《唐宋文选》《礼记选读》《楚辞选读》等。每册有指导性的概述，有经典原文，有对原文的注释与新译（赏析），并配上文史链接（延伸阅读）、思考讨论等，图文并茂，准确生动，具有可读性与系统性。这是现行中小学选修的一套国学读本。目前中小学国学教育仍处于自发的状态，体制不顺，推广相当困难，各类教材也良莠不齐。

如前所述，我认为国学教育的核心是中华民族的精神信念、价值观念与人格情操。四书等表达的是以“仁爱”为中心的“五常”（仁、义、礼、智、信）、“四维八德”（四维即礼、义、廉、耻，八德即忠、孝、仁、爱、信、义、和、平）等中华民族的核心价值系统，是中国古代老百姓的日用常行之道，人们就是按此信念生活的。我建议学习台湾地区的经验，在高中阶段增设一门必修课，这门课就是中国文化课，它不同于政治课、思想品德课，也不同于语文课。台湾地区的这门课程对中华文化认同与民众的文明教养起了重大的作用。大陆游客发现，台湾最美的风景是人，是禀性善良、有人情味、懂礼让、讲友善的人。这与民间小传统的文化宗教的活力及作用，与代代相传的家教家风，与不中断的国学教育，特别与中学必修四书有密切关系。

中国文化的大传统与小传统是打通了的。国学具有平民化与草根性的特点。中国民间流传的谚语是“勿以善小而不为，勿以恶小而为之”“老吾老，以及人之老；幼吾幼，以及人之幼”“积善之家必有余庆，积不善之家必有余殃”。这些来自中国经典的精神，通过《三字经》《百家姓》《千字文》《千家诗》《弟子规》等蒙学读物及家训、族规、乡约、谱牒、善书，通过大众口耳相传的韵语故事、俚曲戏文、常言俗话，成为百姓日用而不知的言行轨范。

南宋以后在我国与东亚其他地区的民间社会流传甚广、深入人心的朱熹的《朱子家训》说：“事师长贵乎礼也，交朋友贵乎信也。见老者，敬之；见幼者，爱之。有德者，年虽下于我，我必尊之；不肖者，年虽高于我，我必远之。”“人有小过，含容而忍之；人有大过，以理而谕之。勿以善小而不为，勿以恶小而为之。”“勿损人而利己，勿妒贤而嫉能。勿称忿而报横逆，勿非礼而害物命。见不义之财勿取，遇合理之事则从……子孙不可不教，童仆不可不恤。斯文不可不敬，患难不可不扶。”朱子说这些乃日用常行之道，人不可一日无也。应当说，这些内容来源于诗、书、礼、乐之教及孔孟之道，且十分贴近民间大众。它内蕴着个人与社会的道德，长期以来成为老百姓的生活哲学。

清代李毓秀在《弟子规》总叙中说：“弟子规，圣人训。首孝悌，次谨信。泛爱众，而亲仁。有余力，则学文。”下文分成“入则孝”“出则弟”“谨而信”“泛爱众而亲仁”等几部分。这些纲目都来自《论语》。《弟子规》中对孩童举止方面的一些要求，如要求孩童站立时昂首挺胸、双腿站直，见到长辈主动行礼问好，开门关门轻手轻脚、不用力甩门，等等，都是文明人起码的行为规范，是尊重他人而又自尊的体现。又如：“晨必盥，兼漱口。便溺回，辄净手。冠必正，纽必结。袜与履，俱紧切。”“斗闹场，绝勿近。邪僻事，绝勿问。将入门，问孰存。将上堂，声必扬。”“用人物，须明求。倘不问，即为偷。借人物，及时还。后有急，借不难。”这些都是有助于文明社会的构建的，是文明人的生活习惯，也是今天社会公德的基础。

朱伯庐的《朱子治家格言》起首的一段说道：“黎明即起，洒扫庭除，要内外整洁；既昏便息，关锁门户，必亲自检点。一粥一饭，当思来处不易；半丝半缕，恒念物力维艰。”这都是些平实不过的道理，体现在一个人身上就是他的家教。旧时骂人，说某某没有家教，那是很重的话，让其全家蒙羞。我们不是要让青少年一定要做多少家务，而是要他们从小就动手打理好自己与家庭的事情，不要过分依赖父母、依赖他人，能够自己挺立起来，培养责任意识。同时，让他们知道一粥一饭、半丝半缕都是辛劳所得，能够懂得去尊重家长与别人的劳动。如果我们真的有敬畏之心，就知道珍惜，而不应该浪费。

天津市南开中学成立于 1904 年 10 月，老校长严范孙亲笔写下“容止格言”：“面必净，发必理，衣必整，纽必结。头容正，肩容平，胸容宽，背容直。气象：勿傲，勿暴，勿怠。颜色：宜和，宜静，宜庄。”这四十字箴言来自蒙学，又是该校对学生的容貌、行止的基本要求。该校设正容镜，师生进校时都要照镜正容色。后来张伯苓先生治校，继续坚持了这些做法。

蔡元培先生在留德期间撰写的《中学修身教科书》，商务印书馆于 1912 年至 1921 年间共印行了 16 版，他还为赴法华工写了《华工学校讲义》，两书在民国期间影响甚大，后合为《国民修养二种》一书。蔡先生在民国初年为中学生与赴法劳工写教科书，重视社会基层的公民教育，他的用心颇值得我们重视。他从孝敬父母谈起，创造性地转化本土的文化资源，特别是儒家道德资源，来为近代转型的中国社会的公德建设与公民教育服务。

国学当中有很多修身成德、培养君子人格的内容。中国古典的教育，其实就是博雅教育。传统的教育并不是道德说教，不是填鸭式满堂灌的教育，而是春风化雨似的，让学生在点滴中有所收获并自己体验，如诗教、礼教、乐教等。

我觉得应该让孩子们处在良好的文化氛围中。家长、老师们要以身作则，言传身教，这对孩子们影响很大。家长、老师们有义务端正自己的言行，尤其是在孩子们面前。要培养孩子分辨是非的能力，多在性情教育上下功夫，关注孩子的心理健康，多与孩子交流，洞察他们的情感，并做正确的引导。现在一些家长都做不好——撒谎骗人、打骂斗狠、不尊重老人，这些都会给孩子的成长烙下负面的印记。

我们也希望同学们能趁着年轻记性好，多读些经典，最好能背诵一些，意思可以以后再慢慢领悟。南宋思想家陈亮说："童子以记诵为能，少壮以学识为本，老成以德业为重。……故君子之道，不以其所已能者为足，而尝以其未能者为歉，一日课一日之功，月异而岁不同，孜孜矻矻，死而后已。"这即是为己之学，是终身自我教育。

三、语文教学中的国学教育

在完善中华优秀传统文化教育的系统工程中，对中小学生加强传统文化的教育尤其重要。十年树木，百年树人。这是巩固国本的需要，对提升国家软实力具有重要的意义。国学教育需要家庭、社会、学校共同承担。中小学加强传统文化的教育，本身也是一个系统工程，不能只靠语文教育，但语文教育仍是其中的最重要的一环。每一个孩子成长的过程中，语文教育是非常管用的且影响深远的。语文教育不仅仅只具有工具性，还具有人文性，承载着引导价值观的责任。对大学生来说，我主张文、法、理、工、农、医等所有学科的大学生都应必修一门“大一国文”课，主要精选古典名篇，由老师指导学生们精读。

南怀瑾先生说过，小学语文课，一、二年级主要学《千字文》，三、四年级主要学《幼学琼林》，五、六年级主要学《古文观止》，整个小学应穿插学习、背诵《弟子规》《三字经》《百家姓》《千家诗》《诗经》等。初中语文主要学四书五经、诸子散文，重在《论语》《老子》。南先生此说，值得借鉴。

现在湖北省统一使用的鄂教版语文教材，小学每册约 8 首古诗、16 条古今中外名言，没有古文；初中每册 10 首至 12 首古诗，约 8 篇古文（寓言故事或唐宋八大家短篇等）。现行鄂教版教材较之过去，有了许多改进，但仍然偏于政治思想教育，作文训练散乱不成系统，课后习题也待改善，较之人教版和东北的语文教材要逊色一点。但以上无论哪一家的语文教材，在以下方面都嫌不足：没有充分自觉地重视、强调学生对母语及母语的代表——经典文献的学习的重要性，对古汉语的语言及其反映的思维特征的把握的重要性，对经典中所蕴含的中华民族的道德价值观、安身立命的精神信念及民族智慧的传承的重要性。当然，这是以高标准来要求的。另外，现行语文教材中，现代散文较多，欧化的汉语较多。我们的孩子从社会与学校学习的主要是西方或泛西方化的语言、思维方式与价值观。语文教育应当有中国文化的自觉与自信。从目前的情况看，这种自觉与自信严重不足。

我认为，应增加中小学语文教材中的古诗文的比重，到初三应有四成，到高三应有六成半。让丰富多样的中国古典文献，如四书五经、诸子散文、六朝与唐宋文选、宋明理学、历代家训家书，有更多内容进入语文教材，特别是应当有蕴藏着人文价值、人性教养的内容。教师们悉心指导中小学生去学习。我们提倡熟读经典文本的范文教学，精读，有题解、赏析、联想、思考与练习。在精选出的千姿百态的古典名篇范文中，在诵读、赏析的过程中，让学生们学习含蓄幽默的语言风格、情理合一的审美趣味、民胞物与的胸怀志向、己立立人己达达人的价值意识，让学生们逐渐领悟祖国文化真、善、美合一的生命智慧与境界，并通过深层阅读与作文，提高学生的思维能力与口头、笔头表达能力，能思想、能言说、能写作。只有经典教育才能启发人的原创性。

我们一直希望能有多一些的国学经典进入中小学课堂，至少让四书进教材。我们希望能有多一些国学课程，让中小学生能接受到系统的传统语言与文化的教育。中华民族有很多“优根性”，更需大大弘扬。让我们的孩子从小就有“为天地立心，为生民立命，为往圣继绝学，为万世开太平”的抱负理想，并代代相传。

（原载《语文建设》2014 年第 1 期）

心中的昙华林

我是老武昌人，记忆中印象最深的是新桥的老屋和整个中学时代学习生活过的昙华林武汉十四中。巡司河畔的老屋——板厂街九号，有我童年与少年的记忆，而从 13 岁少年到 21 岁青年的 8 年（1960 年 9 月—1968 年 11 月）则与昙华林结下了不解之缘。不仅初高中在此，而且 1966 年高中毕业后，因“文革”滞留在学校，直到下乡插队才离开。这 8 年，即我的整个青春期是在十四中住校度过的。

1954—1960 年，我就读于保安街小学（武昌四小），毕业后，因长我 6 岁的三哥齐庆先生在十四中执教，他向校方要求让我到十四中就读，便于照顾，学校欣然同意了。我进校后约 2 年，三哥离开了十四中，但他负担了我从上初中一直到结束下乡招工到工厂前的十多年的生活费。

中学时代，一般周六下午课后我都会步行回家，经过十里长街，在司门口或民主路的新华书店蹭书看看，再回到新桥家中与祖父母、父母亲和兄弟姐妹们团聚，周日晚饭后再匆匆返校。返校的路线，一般先走到实验中学，继往积玉桥方向走，再穿过戈甲营进入昙华林，或者从司门口过青龙巷穿粮道街或棋盘街过去。戈甲营住户较多，人口稠密，而从戈甲营进入昙华林后往十四中走，则比较荒凉。晚上灯光昏暗，走这一段路还真有些害怕，有同学说那里还有一个太平间，经过时不觉毛骨悚然。后来有一家军乐队驻在那里，吹吹打打，略为热闹一点了。总体上，那时的昙华林是很窄的巷子，比较沉寂、晦暗。

十四中引以为豪的是，它曾是抗战前期（1938 年）郭沫若任厅长的国民政府军事委员会政治部第三厅的所在地。我们少年时就读过郭老的《洪波曲》，他笔下的昙华林与珞珈山，与我的一生有太多的交集。我们读书时，那座两层楼的老房子（是木结构地板房），一些老师们还住在那里，但已经是危房，走在楼板上，楼板吱吱呀呀地响。

十四中对面当时是华中师范学院的一部分，双方都有院墙隔着，中间是窄窄的马路。那是华师中文系师生学习生活的地方，由于其前身是教会学校文华书院，校舍带有西式风格，十分典雅。我们几位喜欢文史哲的同学常常过去散步，那里有枝叶茂密的梧桐树，还有大操场与钟楼。

我们心中关于昙华林的美好记忆，主要是在十四中的学习生活和老师、同学们的情谊。十四中的前身是湖北省立第一中学，底子厚实。我们读书期间，十四中正值鼎盛时期，当时虽没有如现在升学率、排名的竞争压力，但师资水平与教学质量，在圈内是被公认的，十四中当时与武昌实验中学、武汉市第一中学等少数几家是省属重点中学，排在全省前几名。在汪子英校长、刘克刚主任等人在职期间，十四中的教风、学风很好，严谨诚朴，培养了不少优秀人才。在我们读书的年代，十四中一度成为武汉大学附中，武汉大学为十四中输送了很多优质师资，珞珈山一带几所大学的附小成为学生来源。一般中学的师生很难听到名牌大学书记、校长、教授的报告，而我们却享受了这些特殊待遇。20 世纪 60 年代初，一些来自各高校的优秀毕业生在武汉大学集结，拟在培训之后赴苏联读副博士，由于中苏交恶，他们中的一部分人被充实到十四中任教，如彭咏松、贺律智、刘可立老师等人。

现在我们一些即将古稀之年的老同学聚在一起，每人都可以说出教过我们的 20 多位老师的姓名与事迹，其中一些老师已经作古，然而他们的音容笑貌永远留在我们心中。王希明、张树人、刘乐芳、张丽华老师当过我们的班主任，余伟臣、刘研一老师是我们的语文老师，向伯言老师是物理老师，陈邦鉴老师教我们立体几何。那时物质条件很艰苦，老师们多住在东区平房，每户只一间房，不到20平方米，厕所、自来水管是公共的，西区山上的宿舍略好点，约有一间半，但仍是窄房浅屋。现在想起来，我们都觉得十分心酸。但老师们十分敬业，真是一心扑在教书育人上。

我们在昙华林的学习生活是全面的，各科都学，从不偏科。在化学实验室，辜老师与同学们关系很好，实验课都是我们自己动手打理。当时课外活动较丰富，劳动课上凤凰山开荒，也曾到东西湖农场等地住上一周或十天。体育是十四中的强项，足球队很有名。我们每天清晨与下午都玩单双杠、爬杆等，要在周长 300 米的操场跑上七八圈。早上锻炼后我们各自在山上或教室早读。学校图书室是我们课余常去的地方，有一些名著及新的书报杂志，我对文科的兴趣是在那里培养起来的。初夏的晚自习最有意思，几个大探照灯照在大操场上，同学们三三两两，铺上草席，复习功课，准备考试，互不干扰。

关于昙华林的温馨的回忆还有很多，困难时期，三哥有时把他在教工食堂吃的稍好一点的食品留给我吃，我与一些同学一样，把米饭积攒起来，用一个干净脸盆装着，周末带回家去。先父母都曾到过昙华林，一次突然变天，父亲给我送来衣服，母亲则专程来出席了一次家长会，还发了言。内子朱德康是我中学时代的同班同学，我与她的姻缘结于此地，相识相知于兹，当然更主要是后来下乡在一个小队，又一道被抽到同一家工厂，自然地走到了一起，共同生活了40多年。我们有共同的老师、同学、朋友与共同的昙华林情结。我们的老同学唐远璋后来成为我们的妹夫，下乡天门成就了他与淑妹的姻缘。

住在昙华林的最后阶段是“文革”时期，有不堪回首的回忆。正因为有对“文革”那一段非人性、不正常生活的反省，我们才格外怀念昙华林十四中的温情与美丽。

（原载《文脉悠悠昙华林》，中国文化出版社，2015年）

现代社会为什么需要国学经典

本文拟谈谈经典教育与挖掘中华优秀传统文化的当代价值的关系，以就教于方家。

什么叫经典？经典包括经史子集、诸子百家、儒释道的重要典籍，具有多样性，但经典之所以成为传之久远的经典，一定有其精义，对我们国家民族的长治久安有价值指导的意义。刘勰的《文心雕龙》中说道："经也者，恒久之至道，不刊之鸿教也。"可见经者，常也、久也，是记载"常久"之道的书，其中有其独特的价值体系。

为什么要读经典？如上所说，因为经典中有中华民族的常经、常道。有人说，中华文化的根源在四书五经之中，这是有一定道理的。因为其中有我们中国人安身立命的根源与根据，也包含有当代价值。四书五经不专属于儒学，而是中华各民族共同、普遍、公共性的精神资源、道德资源，其中有中国的道统。所谓"道统"，就是经典中讲的做人、治世的常道。道统高于政统、学统，并指导政统、学统。

怎么读经典？经典诵读不能只停留于背诵。对儿童与少年来说，适当背一点，日后再理解，是可行的。但不能一味地过分地强调背诵，这里也要有度。根本上还是要强调理解，理解经典文本的精义。更重要的是以生命对生命，以心灵对心灵，与古代圣贤做心灵沟通与思想对话。经典诵读不能碎片化，这是指经典教育，组织青少年或成人学习经典，应围绕中华民族的基本精神与核心价值观这一中心，围绕做人与做事之道这一中心，系统地展开。经典教育是坚定中国文化主体性的常道的教育。

一、经典中有当代价值

《诗》《书》《礼》《乐》《易》《春秋》六经（《乐》经不传，又谓五经）并不神秘，其是对夏商周三代人生活世界的记录或反映。六经是诸子百家共有的精神源泉。六经的神髓是什么？是对天地、生命的敬畏，也是对人民、百姓的敬畏，肯定“天视自我民视，天听自我民听”“人无于水监，当于民监”。同时，其有对“天下为公”的大同理想、公平正义社会的憧憬；有对人文价值理念、多彩多姿的文化与多种审美情趣的追求；有自由人格与相互关爱、和谐与秩序的统一；有对历史与现实的评判褒贬；有丰富的天地人三才之道及其相接相处的智慧，包括动态平衡的中道；等等。其中凸显了中国人与中国文化的特征：保留了对天的信仰，又偏重于人文实务；特别肯定人与自然，人与人，家族、宗族内外，族群、民族、宗教之间，人之内在心灵与生命之间的沟通、和谐、融合；重视教育，强调礼乐教化与道德精神；有很强的历史意识，善于总结历史经验，鉴古知今，究往穷来；重视实践精神，知行合一，通经致用，明体达用。

春秋末期礼崩乐坏，文化下移。孔子继往开来，整理六经，创造性地转化三代尤其是周公以降的文化传统，奠定了中国传统文化价值系统的基本规模，尤其是点醒、凸显了其中居于核心地位的“仁爱”精神。以“仁爱”为中心的仁、义、礼、智、信、诚、忠、恕、孝、悌、廉、耻的价值观念体系被此后的诸子百家，尤其为儒家所继承、弘扬。在政治文化上，儒家强调王道、仁政、德治，有民本主义、民贵君轻的传统。

十年树木，百年树人。国民教育、中小学教育对一代代国民的基本素养的形成与提高最为关键。人文、人性的价值，中华民族历史文化的价值是长久的、根本的。我们现在最缺乏的是生动活泼的、适合不同年龄孩子的性情教育与生命教育，以及人之所以为人的基本价值观、做人做事的底线与人的生活目的的教育，而这对于国家民族的长久利益，对现代法治社会、公民社会的建构，意义十分重大。做什么人，培育什么人，是根本。

就人生意义与价值的层面来说，梁启超说过，《论语》《孟子》等经典，是两千多年来国人思想的总源泉，支配着中国人的内外生活，其中有益身心的圣哲格言，一部分久已在我们全社会形成共同意识，我们既做这社会的一分子，总要彻底了解它，才不至于和共同意识生隔阂。这就是说，四书等表达的是以“仁爱”为中心的仁、义、礼、智、信等中华民族的核心价值观念，这是中国历代老百姓的日用常行之道，人们就是按此信念生活的。

仁、义、礼、智、信“五常”具有草根性，是历朝历代志士仁人与普通老百姓内在的生活信念与百姓日用而不知的道德律令。中国文化的大传统与小传统是打通了的。国学具有平民化与草根性的特点。中国的民间，在草根中流传的谚语是“勿以善小而不为，勿以恶小而为之”“老吾老，以及人之老；幼吾幼，以及人之幼”“积善之家必有余庆，积不善之家必有余殃”。这些来自中国经典的精神，通过蒙学读物、民间谚语与故事、戏文、连环画、家训、家礼、善书等，通过家教、民间社会习俗与信仰，渗透到世世代代中国人的生活世界中，成为百姓日用而不知的言行规范。

中国的传统文化及其对一代又一代民众的养育是我们最大的国情，也是最大的中国实际。国家的兴盛与国学的复兴是一体两面的事情。国学是软实力。在文化小传统中，勤俭、重教、敬业、乐群、和谐、互信、日新、进取的观念，无疑是经济发展的文化资本。诚敬、忠信思想有助于整顿商业秩序，增强企业内部的凝聚力并改善外部形象，提高效率，促进人的精神境界的提升。儒释道三教的价值观、义利观和人格修养论，有助于预防拜金主义、享乐主义和坑蒙拐骗的行为。在这个意义上，经典中有当代价值。

二、经典中有治国理政的经验与智慧

国学经典中的治世经验与智慧，第一是富民教民，制民恒产。

孔子以“庶、富、教”为治国方略。他强调养民、富民和富而后教。孟子仁政学说的目的是为民，其最基本的要求则是要解决百姓的温饱问题，安顿他们的生命与生活。孟子的民本思想以解决民生为急务，即所谓“民事不可缓也”。仁政的基础首先是解决百姓的生活，孟子明确提出“恒产恒心”“制民之产”之说，主张政府一定要为民制产。这是为了解决黎民百姓基本生产与生活资料的保障问题，此为养民安民的基础。仁政首先要解决民生问题，但在先儒养民、富民、安顿百姓的生命与生活的基础上，百姓的生计解决了还不够，还须施以教化，如此方能调治民心，和谐人伦关系，安定社会秩序。

国学经典中的治世经验与智慧，第二是礼乐刑政的相互配置。

古代礼乐刑政的配置，礼乐是文化，有价值。“礼”是带有宗教性、道德性的生活秩序、规范。在“礼”这种伦理秩序中，包含了人道精神、道德价值。荀子推崇“礼”为“道德之极”“治辨之极”“人道之极”，因为“礼”的目的是使贵者受敬、老者受孝、长者受悌、幼者得到慈爱、贱者得到恩惠。在贵贱有等的礼制秩序中，含有敬、让、孝、悌、慈、惠诸德，以及对弱者、弱小势力的保护问题。礼乐文化不仅促进社会的秩序化而且有“谐万民”的目的，即促进社会的和谐并提升百姓的文明水准。一个稳定和谐的人间秩序总是要有一定的礼仪规范来调节的，包括一定的等级秩序、礼文仪节。

“礼”的目的是使“四海之内，合敬同爱矣”(《礼记·乐记》)。礼乐教化的人文精神是人与人、族与族、文与文相接相处的精神，是协和万邦、民族共存、文化交流融合并形成统一的中华民族、中华文化的动力。孔子对礼乐的继承、传授，大有益于他身后两千多年来世道人心的维系和民族的大融合、文化的大融合。

就现代生活而言，在外在强制的法律与内在自觉的道德之间，有很大的空间，即包含社会礼俗在内的成文与不成文的规范。这就是“礼”。古今社会规范的差异不可以道里计，但提升国民的文明程度，协调群体、社区的关系，促成社会健康、和谐、有序发展，不能没有新时代的礼仪文化制度、规矩及与之相关的价值指导。我国历来是礼仪之邦，今天我们仍然面临提升国民的文明水准的任务。在这一方面，礼学有深厚的资源。

国学经典中的治世经验与智慧，第三是扩大社会空间，提倡社会自治。

古代村社组织有十家、百家，或称邑、里，或称社与村社。管理公务的领袖，是由选举产生的三老、啬夫等。公共生活在庠、序、校中进行。庠、序、校是议政、集会与活动的场所，后来变成古代的学校。祭社和祭蜡是最热闹的群众性活动。吕大钧、吕大临兄弟建立的“乡约”、范仲淹首创的“义庄”，同是地方性的制度，也同具有以“礼”化“俗”的功能。“儒者在本朝则美政，在下位则美俗。”(《荀子·儒效》)

传统中国是儒家型的社会，是小政府大社会的典型。传统中国的社会管道、中间组织很多，以宗族、家族、乡约、义庄、帮会、行会(到近代转化为商会、农会、工会)等为载体，以民间礼仪、节日与婚丧祭祀活动、村社活动、学校或书院的讲学活动、士农工商的交往等为契机，在一定意义上就是社会自治、地方自治。传统中国绝非由政府包打天下，而主要是靠血缘性的自然团体及其扩大化的社会各团体来治理社会，这些团体自身就是民间力量，它们保护了民间社会与其他民间力量，包含家庭等私人空间。

国学经典中的治世经验与智慧，第四是重视道德教化与民间信仰的培植。

儒家强调教化，这并非奴化，并非说教，儒家在人文教化过程中重启发与实践。传统社会里，士绅阶层、宗族祠堂在民间教化中起着重大作用，其中包含着儒释道三教与其他民间文化及宗教，乃至民间信仰的作用。传统社会中的民间信仰非常丰富，大多是良性的、正面的。

民间组织与民间自治，士人积极参与及儒学传统所倡导的公共性与公共品德是公民社会的人的成长与全面发展的基础，也是现代性政治的基本内容。公民道德的重建离不开儒家文化的土壤，儒家有人禽之辨、公私义利之辨、君子小人之辨、天理与人欲之辨，并以此美政美俗。这对今天重建官德、整饬吏治腐败有积极意义。

三、存养“三心”，体验“三个合一”之境

我国需重建真正具有内在约束力的信仰系统，即以“仁爱”为核心的价值系统。从长远的、健康的、高品质的社会目标来看，儒家“仁爱”思想可以纯洁世道人心，整合社群利益，调整人与天、地、人、物、我的关系，克制自我中心和极端利己主义。“恕道”对环境伦理、全球伦理的重建提供了重要的思想基础，有助于全球可持续发展。

这些价值对世界各文明的对话，民族间、宗教间的沟通，有积极意义，至少对我国社会的整合、和谐社会的构建，具有重大的现实意义。国学中有大量的荣辱观、廉耻观的思想传统与整饬官治、吏治与政德的办法。国学与现代化的新的伦理价值——个性自由、人格独立、人权意识等完全可以整合起来。儒释道若干价值观念与现代人权、平等、尊严、理性、道义，不乏可以沟通之处。现代权利意识和现代法律生活，缺乏终极信念的支撑，缺乏深度、积累的社会资本和文化资本之支撑，很可能是平面化与片面化的。在法治社会的前提下，构建现代文明，建设公民社会的伦理体系，需要传统思想资源特别是儒学的支撑。儒学资源中有大量可以与自由主义、社群主义沟通对话的内容，又不会陷入自由主义、社群主义的偏颇。

对优秀传统文化进行创造性转化与创新性发展，我认为应保存、养育“三心”，即敬畏之心、恻隐之心、羞恶之心，进而体验“三个合一”的境界，即天人合一、群己合一、知行合一之境。

孔子有“三畏”，我们现代人也应有敬畏之心，敬畏生命，敬畏自然，敬畏神灵，敬畏列祖列宗的文化创造，敬畏老百姓，

敬畏我们的职业、职责与职分，庄敬自强，严肃谨慎。孟子讲四端之心，其中包括恻隐之心、羞恶之心。恻隐之心是仁德的萌芽，羞恶之心是义德的萌芽。培养爱心，从仁爱出发，爱父母亲人，爱邻人他者，爱我们服务的对象，爱草木鸟兽、山水瓦石，要有切身的感受，从点滴做起。还要有羞耻感，有耻感耻德，懂得什么事当做，什么事不能做。人不能把自己降低为禽兽，而要做君子。

我们追求天人合一、群己合一、知行合一之境界，这正是君子的人格境界。这“三个合一”是终点，起点则是讲“三个分立”，即天人相分、群己权界的分别、知与行两阶段的区隔，分了之后再合。从敬畏之心出发，有超越的信念、信仰，对终极存在的“天”与生命存在的“地”心怀恭敬、尊重，审视“人”的有限性，才能达到“与天地万物为一体”的境界。人与我、群与己、己与物之间充满着矛盾，在现代意识下，我们首先明晰彼此的权、责、利的界限，然后再从恻隐之心出发，讲爱心、友善，讲社群的统合与和谐。知行合一，在王阳明那里是指良知当下的呈现，我们通过改造、转化，强调理论与实践、规范与行为的分而后合。这里也可以从羞恶之心出发，视“说一套做一套”为耻。

（原载《人民论坛》2016 年 8 月下期）

漫谈人生与人生哲学

亲爱的校友们：

大家好！

热烈欢迎大家回到母校！各位有丰富的人生体验，我今天是“命题作文”，跟大家切磋人生智慧，难免班门弄斧。

校友们大学毕业 20 年，正是家庭、社会事业中的顶梁柱。大家克服世人难免的怠惰、消沉，萌生出生活的紧迫感，有一种鲁迅式的万事“要赶快做”的“想头”，从而“双倍地享受”和利用自己的有限人生，把自己的人生安排得“紧张热烈”（蒙田语）。

孔子重生，提出：“未知生，焉知死？”我们不妨反问：“未知死，焉知生？”生与死，生命哲学与死亡哲学，都是一体两面的。

一、西方近代哲人的人生哲学

文艺复兴时期，蒙田针对基督教为了神而牺牲人的主张，痛心地指出“我们最无人性的弊病就是鄙视人的存在”，从而把“研究我自己”规定为哲学的根本课题。人不再是自己命运的奴隶，而是自己命运的主人、筹划者，人生也不再意味着忍耐、受苦、消极无为，而是可以依照自己的设计过得生气勃勃、轰轰烈烈、奋发有为。

斯宾诺莎断言："自由人的智慧不是默思死，而是默思生。"所谓"自由人"，乃是"纯依理性的指导而生活的人"。拉美特利十分机智、颇为俏皮的话，典型地表达了近代西方人追求现世的、凡人的、幸福的生死观："我的生死计划如下：毕生直到最后一息都是一个耽于声色口腹之乐的伊壁鸠鲁主义者；但是到了濒临死亡的瞬间，则成为一个坚定的禁欲主义者。"启蒙运动主将、百科全书派领袖狄德罗的话，字字掷地作金石之响："如不能向恶毒的敌人正当复仇，我死不瞑目；如不竖立一座丰碑，我死不瞑目……如不在世上留下时间无法消灭的若干痕迹，我死不瞑目！"

这种生死态度，壮怀激越，令人神往。但是，真正深邃的所谓死亡意识，不仅仅是理性的，也是辩证的。唯其如此，才能升华为生命意识。黑格尔的精神辩证法，生与死矛盾运动的观念，尤其是对事物内在的自我否定的颂扬，克服了近代生死二元对峙的局限性，是真正解开死亡之谜的钥匙。死亡在黑格尔那里是一种扬弃，是精神的肯定与否定的统一、取消与保存的统一、分裂与和解的统一。

我们眼前似乎看到青年郭沫若描绘的凤凰在火中涅槃的图景，耳际回荡的是青年周恩来的铿锵诗句："生死参透了，努力为生，还要努力为死，便永别了，又算什么？"

尼采则强调人及其生死的个体性，把"成为你自己"看作一条基本的哲学原理，呼吁人们不断超越自己的同类。尼采不能容忍那种教人安于现状、苟且偷生的学说，那种贬抑人、抹杀人，使人永远沦为"末人"的学说。在他看来，我们生存的意义和价值，就在于不断排除我们自己身上趋向死亡的东西，创造永恒不变的东西，也就是赋予个体生命一种永恒性，或者说是以一种负重精神、自由精神和创造精神，以生存的勇气，敢于把自己的生命承担起来，进而全身心地投入永恒无限的自由创造中去。这种生命意识、道德意识和文化意识显然有合理的层面，对柏格森哲学，对陈独秀、鲁迅一辈的中国现代思想家起了震撼的作用。

海德格尔强调了死亡的个体性、原我性和不可替代性，认为“死亡是此在最本己的可能性”。此在把死亡这一最本己的可能性自己担当起来，面对着自己的死亡，凭自己的良心自己选择自己、自己筹划自己、自己把自己的可能性开展出去！这就是“向死的自由”。

自由原则和个体性原则是死亡意识内蕴的生命意识、道德意识和文化意识敞开或升华的极其重要的关节点。

文德尔班说：“为真理而死难，为真理而生更难。”司马迁忍辱含垢，身残处秽，就腐刑而无愠色，终于完成“史家之绝唱、无韵之《离骚》”。文天祥、史可法、谭嗣同、李大钊、张志新等人，临难毋苟免，铁肩担道义，未敢昧大义而轻生，未敢昧大义而惧死，是我们民族的精神脊梁！

死亡是一个永恒的话题，是自古以来世界上各种宗教、哲学探讨不休的问题。但为什么说它在现代社会更加凸显出来了呢？这是因为科技与医疗的进步，高龄化社会的出现，迫使今人比古人更加感受到孤独无依。人寿的延长，也是迫近死亡之负面心理纠葛的延长；退休之后的健康老人、衰弱老人或绝症患者的日常生活尤其是精神的安顿成了问题。而现代工业社会处理死亡的机械化及非人性化的方式，使得人们在生命的最后关头恐惧不安。但每一个人面临自己的死亡，毕竟只有自我承担。人们如何才能平心静气、从容不迫又具有人性尊严地离开世间？换句话说，面临死亡的挑战，每一个人何以维持生命的尊严到底？这不仅涉及社会的、法律的、道德的、伦理的方方面面，尤其关涉人的高级的精神信念与修养。

"生活品质"必须包含"死亡（的尊严）品质"在内，或不如说"生活品质"与"死亡品质"是一体两面，不可分离。于此，高龄化到死亡的过程，深一层地说，即不外是训练每一个人培养"生命的尊严"与"死亡的尊严"双重实存的态度的最后阶段。

日本名导演黑泽明1952年制作的影片《生之欲》中，主人公渡边在自知患有绝症直至死去的几个月间，探索着仍要活下去的人生意义，并通过积极的善行，完成了一件自我承担的任务，肯定了自我、肯定了人生，欣然地接受了死亡。只有通过积极正面的人生态度与行为表现，我们才能体认我们对生命真实的自我肯定，才能真正完成我们人生的自我责任。

海伦·聂尔宁1992年88岁高龄时出版的自传性著作《美好人生的挚爱与告别》，叙述了她与比她年长21岁的丈夫所度过的半个多世纪的恩爱生活，尤其是1983年她丈夫斯科特百岁时，她帮助丈夫自行了断的生死姻缘。这位独立而有信念和才赋的女作家说："参与爱（的生活）并深爱他人，就是最大的人生报酬。爱心的表现似无止境，挚爱与告别都是生活的成素。"书中深刻揭示了老龄化生活与安宁平静而有控制地面对死亡的意义究竟是什么。其实，平时的精神状态与临终的精神状态有着不可分离的关系。平时培养理性健康的生死态度，比患上绝症后"临时抱佛脚"的最后努力更为重要，更有真实的人生意义。

二、中国哲人的人生哲学

诸子百家、魏晋玄学、隋唐佛学、宋明理学之中，最发达的是人生哲学与人生智慧。在人生哲学方面，儒家是德行的智慧，道家是放达的智慧，佛家是解脱的智慧。下面我们简单说说孟子、庄子、禅宗和王阳明的人生智慧。

先说孟子。孟子十分重视人格独立和节操。他每每向诸侯进言，从不把诸侯的高位放在眼里，绝不被那些“大人”的权势吓倒。他有“说大人，则藐之，勿视其巍巍然”的气概。孟子有着自由知识分子的骨气和傲气，有着“舍我其谁”的气魄、胆识。他发展了孔子关于“德”与“位”的矛盾学说，举起了“以德抗位”的旗帜，对后世知识分子有极大的影响。

孟子说：“我善养吾浩然之气。”这种至大至刚的盛大流行之气，充盈于宇宙之中。志，是心之所指，是导向。志可以调动气，这是正向；反过来，气也可以影响志，这是逆向。孟子主张二者互动，持志与养气相配合。孟子主张调动气来配合道义，不仅使理义集之于心，而且使理义之心有力量，可以担当，可以实践，可以使理想变成现实。这样，面对任何安危荣辱，就无所惧、无所疑，能担当大任而不动心。孟子之性善论肯定内在于人的生命中的超越的禀赋，是人性善的根据；但人是否真正发挥其禀赋，就在于每个个体是否有修养的功夫。所以，他提出了一系列的存养方法。

孟子提倡弘大刚毅、坚定不移的气节和情操，崇尚死而后已、无所畏惧的弘道精神。孟子笔下的“大丈夫”的行为标准是：“得志，与民由之；不得志，独行其道。富贵不能淫，贫贱不能移，威武不能屈，此之谓大丈夫。”这种弘道精神和崇高人格曾激励了我国历史上无数的志士仁人。人不论处在什么样的境遇、场合中，选择道德还是非道德，如何选择人生道路，怎样保持独立的人格和气节，终究是自我做主的事。

孟子讲“生于忧患，死于安乐”。他说：“舜发于畎亩之中，傅说举于版筑之间，胶鬲举于鱼盐之中，管夷吾举于士，孙叔敖举于海，百里奚举于市。故天将降大任于是人也，必先苦其心志，劳其筋骨，饿其体肤，空乏其身，行拂乱其所为，所以动心忍性，曾益其所不能……然后知生于忧患而死于安乐也。”

中国文化中既有“忧患意识”，又有“乐感文化”。司马迁说：“盖文王拘而演《周易》；仲尼厄而作《春秋》；屈原放逐，乃赋《离骚》；左丘失明，厥有《国语》；孙子膑脚，兵法修列；不韦迁蜀，世传《吕览》；韩非囚秦，《说难》《孤愤》；《诗》三百篇，大底贤圣发愤之所为作也。”

我们要检讨、反思传统社会人才成长的体制、文化、社会背景，提出批判：为什么不能使人才成长更为顺利？

另一方面，我们又要看到，人才在成长中确实需要经历磨难。

中国文化中有道家、佛家文化，其提供了丰富的文化资源。进取、激烈的人生，找儒家；恬淡、闲适的人生，则要找道家、佛家。儒家教我们做加法，道家、佛家则教我们做减法。这两者恰好互补。

再说道家中的庄子。庄子提出了“逍遥无待之游”——“至人无己，神人无功，圣人无名”的理想人格论。《大宗师》表达了“以道为师”的思想，也就是说，宇宙中可以作为宗主师法者，唯有“大道”。人们通过修养去体验大道、接近大道，可以超越人们对生死的执着和外在功名利禄对人的系缚，但这不需要人为地去做什么。庄子的修养原则是“不以心捐道，不以人助天”，以此可以达到“寥天一”的境界。其生命体验、审美体验的方式是直觉主义的“坐忘”。

“坐忘”的要点是超脱于认知心，即超脱于利害计较、主客对立、分别妄执。庄子认为这些东西（包括仁义礼乐）妨碍了心灵自由，妨碍了灵台明觉，即心对道的体悟与回归。

与“坐忘”相联系的另一种实践功夫是“心斋”。心志专一，以气来感应，全气才能致虚，致虚才能合于道妙。心斋，就是空掉或者洗汰掉附着在内心的经验、成见、认知、情感、欲望与价值判断，自虚其心，恢复灵台明觉的功夫。

《齐物论》与《大宗师》相辅相成，互为表里。《齐物论》表述了“天地与我并生，而万物与我为一”的思想，强调自然与人是有机的生命统一体，肯定物我之间的同体融合。“齐物”的意思是“物齐”或“‘物论’齐”，即把形色性质不同之物、不同之论，把不平等、不公正、不自由、不和谐的现实世界种种的差别相、“不齐”，视之为无差别的“齐一”。这就要求我们以“不齐”为“齐一”，即提升自己的精神境界，在接受、面对真实生活的同时，调整身心，超越俗世，解脱烦恼。庄子以道观之，即以道观的视域，反对唯我独尊，不承认有绝对的宇宙中心，主张破除成见，绝不抹杀他人他物及各种学说的生存空间，善于站在别人的立场，更换视域去理解别人，而不以己意强加于人。

《逍遥游》反映了庄子的人生观。他把不受任何束缚的自由，当作最高的境界来追求，认为只有忘绝现实，超脱于物，才是真正的逍遥。“逍遥”的境界是“无所待”。“无所待”即不依赖外在条件与他在的力量。庄子的人生最高境界，正是期盼“与道同体”而解脱自在。这是一种精神上的自由、无穷、无限的境界。

中国人是在“重生”“尊生”“天地之大德曰生”的背景下正视死亡的，因而强调唯有超越、消解死亡，然后才能达到人与天地万物同体的境界。

庄生之论，只有遗世独立、飘然远行、超然物（利害、毁誉、荣辱、是非）外，才能进而“外生”（无虑于生死）、“见独”（体悟绝对的道），进入不知“悦生”“恶死”“不死不生”，无古今、成毁、将迎的“撄宁”状态，即万物齐一的本体境界。

再看看禅宗。慧能大师提出“自心是佛”，张大人的自性，促进人的觉醒。马祖道一进一步珍视人的主体性与个体性，肯定人的内在自我的价值和能力。他继承了达摩以来明心见性的思想，而更加肯定自心清净，自修自作，自行佛行，自成佛道。“心”与“佛”的统一是禅宗真髓。这就破除了对外在权威、偶像、经卷、知识、名言、持戒、修证、仪轨的执着，统一“世界”“佛”与“我”，肯定向内体验的重要性，自悟内在宝藏，自性自度，不假外求。

大梅法常受马祖道一“即心即佛”启发，大彻大悟。他不再受各种言教遮蔽，不限于种种偏执。道德完善、生命体验，总是个体的事。马祖道一不仅重视内在性的开发，把“佛”与“我”统一起来，而且把修道贯穿到个人具体的生活之中。

“平常心是道”，即中国传统“极高明而道中庸”思想的蜕变。不刻意追求外在超越的理念，而是将其纳入日用常行之中。这是对在自心做功夫的“即心即佛”之论的发展与补充。马祖道一对真正有所悟的人，不讲佛、心、物，只教他任运而行，应机接物，正是此意。

马祖道一提出“随处任真”的命题，指出人心深处佛性的自然呈现，是人在穿衣吃饭、担水运柴、待人接物、日常生活之中明了禅理，提升意境。这就把禅推进世俗生活之中。如果说“即心即佛”使成佛的理念由向内转到自心的话，那么，“平常心是道”则使成佛的道路由记诵佛经、坐禅修行转向世俗的日常生命活动中。

禅的智慧贯彻到平淡、凡俗的生活中，融为一体，使生活具有了不平淡、不凡俗的价值，使人们断掉妄念，摆脱烦恼，体验凡俗中的崇高、愉悦、安适、淡定。禅的智慧寓神圣于凡俗，化凡俗为神圣，不执定于过去，消解物欲追逐等苦缘，当下得到生活的充实和生命的自由。

佛教存在的意义，可以以憨山大师所说的“生死大事”四个字来加以概括。所谓“非于生死外别有佛法，非于佛法外别有生死”。敢于承担，其生命意义和救世热忱便值得称道。

云门文偃说：“日日是好日。”南泉普愿说：“平常心是道。”人生之旅如“古潭寒水”，只有领悟了“死”的意义的人，才能珍惜人生，懂得爱人、做人、求知和责任，懂得何谓人性和生命，才有智慧和勇气去承担一切挑战和痛苦，使自己活得有尊严。在去世时，他们死得心平气和，有安身立命之感，死与生是一样的庄严。

再略说一下王阳明。

王阳明集儒释道之大成。他的必为圣贤之志、豪雄般的气质与出生入死的经历、波澜壮阔的人生密切相关，既洋溢着他的生存体验与生命的智慧，又充满了勇往直前、生气勃勃的气概与活力。王阳明被后世认为是“立德、立功、立言”的“真三不朽”人物，又被赞为“古今完人”。阳明学的三个要点是“心即理”“知行合一”“致良知”。

阳明学的现代意义，是由阳明学本身的特质决定的。阳明学本身就是自由活泼、积极主动的，极具创造性。它的第一个根本特点，就是强调人的道德主体性，即道德自由。阳明学告诉我们，良知是心之本体、知行的本体。人是有良知的，人应该不断地发现良知、实践良知，振起人的精神生命。“致良知”是学问修养的灵魂与第一原则！王阳明的“致良知”，就是把“真诚恻怛”的仁爱之心发挥、扩充、实现出来，去应对万物，使万物各安其位，各遂其性。

阳明学的第二个特点，就是知行合一。“知”在这里指良知，阳明强调真知真行，要在日用常行之中，在礼乐刑政之中，将天地万物一体之仁发用出来，用来敬老爱亲，用来修身齐家，用来尽伦尽职、为政理事。做一分，就体认一分良知，体认一分良知，就要行一分这个道理。这一点，可以赋予今人实践道德、完善自我的勇气。

阳明的亲身经历也提醒我们，为政之道在于明德、亲民。阳明解释“大学之道，在明明德，在亲民，在止于至善”时，特别强调在明明德的基础上亲民。他首先是强调为政者要修身以德，以仁德为核心价值，引领和实现政治的正义。官德不仅仅是一种职业道德，更是人的良知在政府事业上的直接运用。为官不讲官德，就是违背良知。亲民就是要以民为本，视百姓为骨肉亲人，尊重民心民意，体察民间疾苦。在具体的政治实践中，阳明以高超的政治智慧，将社会教化、社会治理与具体的行政手段结合起来，治理了很多难治之地，实现了民不骇政、四方咸宁。阳明的为人、为学、为官之道，对于今人有借鉴意义。

按阳明之论，一个人的声色利欲已难脱落殆尽，而“从生身命根上带来”的生死念头，则更不易“见得破”“透得过”。阳明57岁死。“吾去矣！”“此心光明，亦复何言？”

三、平凡的人生

我今年71岁了。我是1966届高中毕业生，下乡当过知青，又当了8年工人，在1978年31岁时才有机缘考入武汉大学，之后40年一直在此学习、工作，没有挪过窝。40年，我只干了这些事：读书、教书、写书；学习、研究、弘扬中国传统文化（或国学）。我自知来日无多，现正在抓紧读书。我是一介书生，还有些中西经典未读，因此想在有生之年多读一点书。

中西人生哲学经典告诉我们：如何读书、学习；如何处理家庭伦理关系；如何认识自己；如何识人、交友，处理好与同事、朋友的关系；如何应对客观环境，顺境与逆境，特别是后者；如何面对生命的困顿与坎坷；如何面对人性的缺陷，做一个君子；如何对待是非善恶、荣辱得失、忧患安乐，尤其是诬陷、毁辱、冤屈及自己的错误、缺点。人生充满着各种必然与偶然，客观的与主观的条件，天时、地利、人和，各种风云际会，个体的人往往会被动地卷入各种运动、流派、是非、争斗、险阻之中……在很多境遇下，个体的人恰恰是渺小的，无从选择的；在很多背景下，个体的人是被决定的。但另一方面，个体的人又是在不断地选择之中。

程明道有诗云：“富贵不淫贫贱乐，男儿到此是豪雄。”

每个人一生总会做一点事，都会有大小不一的光环，但这都是过去式。光环退去，我们都是一介布衣，操心柴米油盐。网友悼念百岁老人杨绛先生时说：“我们曾如此渴望命运的波澜，到最后才发现：人生最曼妙的风景，竟是内心的淡定与从容……我们曾如此期盼外界的认可，到最后才知道：世界是自己的，与他人毫无关系。”杨绛先生自己也说过：“灵性良心人人都有。经常凭灵性良心来克制自己，就是修养。”

与人为善，为善最乐。孔子“尽善尽美”，荀子“美善相乐”。朱光潜说：“从伦理观点看，美是一种善；从美感观点看，善也是一种美。”孔子说：“里仁为美。择不处仁，焉得知？”仁德：恻隐，同情，推己及人。“己欲立而立人，己欲达而达人。”“己所不欲，勿施于人。”

一个人要有仁心（良知仁德之心），它包含着感恩、敬畏、恻隐、羞恶。

历史系前辈石泉先生曾说：“岂能尽如人意，但求无愧于心。”

苏轼的词《定风波》云：“莫听穿林打叶声，何妨吟啸且徐行。竹杖芒鞋轻胜马，谁怕？一蓑烟雨任平生。”

如何面对毁辱？淡定从容，气定神闲。寒山问拾得：“世间谤我、欺我、辱我、笑我、轻我、贱我、恶我、骗我，如何处治乎？”拾得说：“只是忍他、让他、由他、避他、耐他、敬他、不要理他，再待几年，你且看他。”心态坦然，平静对待，做自己应该做的事。

我是理想主义者，是有现实精神的理想主义者，一生重力行实践。从我做起，踏实做人、认真做事，让周遭好起来，让世界更美好！

死亡不是一个人生命存在的终结。只有当人认识到人的主体存在或个人存在的终极根源时，或者当他进入某种宗教性体验的精神生活时，才能把握生命、凝视死亡。当代大儒马一浮先生面对“文革”暴力和死亡的迫近，写下了不朽的绝笔诗《拟告别诸亲友》：“乘化吾安适？虚空任所之。形神随聚散，视听总希夷。沤灭全归海，花开正满枝。临崖挥手罢，落日下崦嵫。”如此从容、洒脱，将儒释道的生死智慧熔于一炉。人总是要回家的。恬淡、怡悦，回归生活的本身，展现人性的美好，正是悲智双运、觉而有情的各位的向往。

学习儒释道，可以做好人生的加法与减法，拿得起，放得下，看得开！

谢谢大家！

（这是应校友会邀请，在 2018 年 10 月 2 日上午于老图书馆举行的武汉大学 1994 级校友毕业 20 周年返校大会上的演讲稿）

高科技发展的限度

科技的昌明是我们时代的骄傲。科技促进了人类社会的进步，给人类带来了福祉。科技（特别是高科技）使我们的生活更加幸福、舒适、方便。

现在国际上各国实力的竞争，在一定意义上是高科技的竞争。军事上的军备竞赛，也可以化约为高科技的竞赛。

科技是一把双刃剑，一方面，科技使人类更文明，更享受，更能发挥聪明才智；另一方面，科技使人更趾高气扬，更脱离自然万物，使人异化为物、异化为工具。

一、对科学主义的初步检讨

对科学的崇拜，或所谓科学万能论、至上论，把科学“主义”化，在五四运动以后的中国曾经很流行、很普遍。五四运动主流派的启蒙呐喊，始于多元，终于一元，打破了一种褊狭，导致了另一种褊狭——例如把科学讲到不科学、唯科学，甚至科学主义的地步，把民主讲到不民主的地步。科学本来起于怀疑，科学精神的要旨是怀疑、批判与否定。这种精神有强大的原动力。可是，当科学被神圣化以后，科学则变成了不能质疑的最高权威，任何人要肯定某事，只要贴上“科学”的标签，盖上“科学”的印章，便畅行无阻。1958 年“大跃进”中的“亩产万斤”等，都曾披着“科学”的外衣，让人深信不疑。非科学的东西都被“科学”化、“主义”化了。

1923年至1924年发生的科学与人生观论战，站在科学派健将对面的玄学家是张君劢、林宰平、梁启超（中间偏玄）等人。科学派的丁文江、唐钺、吴稚晖、王星拱、胡适等人在哲学上主张实验主义、马赫主义、新实在论，而玄学派则主张倭伊铿、柏格森、杜里舒哲学。需要注意的是，玄学家并不“保守”，在政治层面上，玄学家极力推行西方民主政治。从一定意义上说，这场论战是西方哲学界科学主义与人文主义争论的继续。与东西文化问题论战一样，科玄论战的水平不高，不可能真正解决科学与哲学、科学与人生观、精神文明与物质文明、客观必然与意志自由的问题，但把这些问题提出来讨论，则是我国思想界的一大进步。张君劢的人生哲学和文化哲学提出了科学不是万能的，纯科学解决不了人生问题和文化问题、历史问题。他指出，中国经济、政治、文化的改造，不能忽视道德修养，认为应规避西方文明的流弊，协调精神文明与物质文明的关系。这些都是很有价值的思考。

二、科学发展自身的逻辑

20世纪20年代初，科学主义的检讨并未能使知识界警醒。科学，特别是技术的日新月异，使学界和民众对科学、对技术的崇拜与日俱增。技术与科学本有密切的联系但又有区别，然科学被泛化，技术上升为科学，两者联手，科技更加至高无上，高科技像脱缰的野马，不可阻挡。科技和科技知识人的傲慢随处可见。

科学的发展有规律吗？笔者有幸于20世纪80年代初期修过著名科学哲学家江天骥教授的课程，略为了解西方科学史学家、科学哲学家的论说。记忆犹新的有波普贝、库恩和拉卡托斯。波普尔关于科学与哲学的划界很有意义。他认为科学是被证实或实证的，同时又是可被怀疑、批判直至否定的，即被证伪的命题或命题系统。他的证伪主义和“科学发展模式说”开风气之先。他认为科学发展的轨迹是：从问题出发，针对问题提出猜测性理论，继而各种理论竞争、批判，并接受经验检验，筛选出更高的理论，新理论出现后又被证伪，出现新的问题，如此无限反复，科学就不断进步。库恩在《科学革命的结构》一书中提出了范式理论。科学界公认的信仰、理论、模型、模式、事例、定律、规律、应用、工具仪器等都可能成为某一时期、某一科学研究领域的范式。库恩的“科学革命说”特别有冲击力。他把科学分为潜科学、常规科学和科学革命等阶段。大体上形成一定的科学范式，就到了常规科学阶段，而常规科学出现危机即引起科学革命，这就意味着范式需要转化，于是新的范式形成，如此反复。他主张把收敛式思维和发散式思维结合起来，认为发散式思维能突破传统的禁锢。库恩的理论对人文学者有很多启发，我们当年都用范式理论写思想史研究论文。拉卡托斯认为，科学是相互竞争的研究纲领的历史。他的科学发展动态模式是：科学研究纲领的进化阶段—科学纲领的退化阶段—新的进化的研究纲领证伪和取代退化的纲领阶段—新研究纲领的进化阶段。

科技发展有自身的规律。高科技发展中的弊病，要靠高科技自身发展来加以治疗、调节、解决。当然，开放的科学技术应接受人文学的批判和调剂。

三、高科技必有高风险

人无远虑，必有近忧。科学和技术会不会走向反面？科技需不需要受到制约?

科学精神支配下取得的科研成果，对人类、对地球上的万物，有利有弊，具有两重性，研究要节制。

核能开发利用、生物工程，是人类伟大的科技成就。任何科技研发都不可能没有风险，以下两方面也是如此。

我们先看核能利用方面：

研究核裂变和核聚变、受控热核反应等可以制造核武器，也可以建设提供巨大清洁能源的核电站，但核电的安全为世人瞩目。

1979 年 3 月 28 日，美国宾夕法尼亚州的三里岛核电站发生核泄漏事故。当时由于设备故障和操作失误，大量放射性物质泄漏，至少 20 万人被迫撤离。当时的美国总统卡特视察事故现场，宣布了“美国不会再建设核电站”的决定。

1986 年 4 月 26 日，乌克兰普里皮亚季邻近的切尔诺贝利核电厂的第四号反应堆发生了爆炸，大量放射性物质泄漏。辐射危害严重，事故发生后的 15 年内有 6 万至 8 万人死亡，13 万多人遭受各种程度的辐射疾病折磨，方圆 30 公里内的民众 11 万多人被迫疏散，普里皮亚季城因此被废弃。这是人类历史上最严重的核电事故。

2011 年 3 月 11 日，受 9.0 级特大地震及引发的海啸影响，日本福岛第一核电站发生核泄漏。日本政府紧急决定疏散周围 20 公里内的数万居民。

我们再看病毒学研究方面：

2019 年 7 月至 8 月，美国马里兰州生化实验室曾发生 2 次病毒泄漏事故。美国陆军 4 级防护（P4）密闭生物实验室、传染病医学研究所对埃博拉等烈性病毒做深入研究。工作人员撑开高压舱的门，而此时另有员工清除生物危害废物，这不符合标准操作程序。美国疾病控制与预防中心又发现该实验室废水净化系统有缺陷，第一时间叫停了该实验室的高级研究项目，接着又叫停了该所，理由是其并没有“足够完善的系统对其最高安全等级实验室的废水进行净化”。

这里蕴藏着高风险、大危机，需慎重小心。

四、人类的贪婪加高科技的后果

著名天体物理学家斯蒂芬·霍金在接受一家网站采访时说：“人类在未来数百年里必须认真考虑自己的生存问题。我看到了人类的危险，过去曾出现过多次人类的生存危机。发生类似情况的频率还会增加。”他警告说，人类要想长期生存，唯一的机会就是搬离地球，并适应新星球上的生活；除非人类在最近两个世纪内殖民外太空，否则人类将永远从世界上消失。

霍金对人类的生存方式表达出的忧思值得重视。人类基因中携带“自私”“贪婪”的遗传密码，人类对地球的掠夺日盛，资源即将耗尽。人类毁灭地球，需自食恶果，霍金为人类找出的解决之法就是向外太空移居。

人类糟蹋了地球，又想去染指其他星球？这不正是人类的“自私”“贪婪”吗？人类正热衷于瓜分、占有月球。现在各大国在搞星球大战。假设将来有所谓移居新星球的工程，那岂不是要祸害宇宙？人类及地球上的万物仍需要在地球上生存繁衍，所谓移居到其他星球上生存，只能是空想，唯一的出路是珍爱、保护地球和自然万物，不然，人类将会终结。

人类无节制地开发、索取、占有、破坏大自然，已引起灾难性后果。这就是人类的“文明发展”？第二次工业革命，新能源、新材料、新技术异军突起，资源糟蹋更加严重，工业废气的排放无以复加，臭氧层空洞扩大，海平面上升，生态环境日益恶化。高科技带来的不良后果是：自然灾害频仍，土地和水资源被污染，淡水危机爆发，疾病增多，人类将会遭到大自然更严重的报复。

五、应对与呼吁

科研有无禁区？怎样理解禁区？危害或可能危害人类的不能触碰，危害动植物的呢？我看也不能随意触碰。能否给科研设界？谁来设界？我们是《禁止生物武器公约》的签署国。联合国等的有关机构设了界，但约束力甚微。对科研的制约，来自国际社会及掌控科研的体制与权力，以及伦理道德、宗教信仰与传统文化精神等。体制与权力以什么形式支配与使用科技，非常关键。

登月，到别的星球去，或在地球罕有人迹的高原、海洋、沙漠、湖泊、极地做科学观测与研究，是否应多设置禁区？必须有限度，至少限制其规模。人类不要侵扰现存的动植物的生存，多保留一些自然保护区，尊重生物的多样性。

人的贪欲、私欲加上高科技，将毁灭地球、终结人类。这不是危言耸听。近年人工智能研究的新成就，如人工智能机器人“阿尔法围棋”等警示我们，具有极强自学习能力的机器人如用于战争，那就太可怕了。智能机器人一旦生成自主意识，脱离人的控制，与人类为敌，那就不堪设想了。

我们常讲“人是目的”。人的目的有长久的，有直接的，人们总是迁就浅近直接的目的，牺牲深长久远的目的。从目的与手段的关系来看，科技的发展使人异化，人由目的变成工具、手段。

反思“人是目的”这个命题，其实也是有问题的，这仍属于人类中心主义。人应珍视天地万物，人与天地万物为一体，都是目的。科技发展应有限度，高科技应受到制约，应当受制于“人类命运共同体”和“人与天地万物一体”，这应是制约的总纲。

人文与科技的关系复杂，应调动人文理性、道德价值来批评、监督高科技的冲动与发展。科技界应有职业道德、科技伦理，受人之底线和人类基本伦理的制约。除了道德审查，更应有国际国内各种严格的法律的制约。

除了道德层面、法律层面，包括科技人在内的现代人还应有信仰。无信仰则无敬畏之心，我们对无所畏惧者深怀畏惧之心。我们尊重孔子对天道、天命的“敬畏之心”，尊重老子的“道法自然”，尊重佛祖的“慈悲为怀”。

2020年2月中旬于南溟观海楼

互联网发展的人文思考

一、中西人文精神与人文主义

关于人文精神、人文主义，可以从中西两方面来讲。

西方的人文主义、人文精神，它的渊源还是古希腊、古罗马，今天的人文还是来自启蒙运动、人文主义思潮那个时代，来自文艺复兴时代。从文艺复兴时代开始，世界的人文主义、人文精神才得到了确立。

文艺复兴时代的人文主义主要是针对中世纪宗教的。人文主义确实把人的肉体与精神从宗教权威中解放出来，人们谓之为人性的复苏与人的自觉。欧洲早期的人文主义摆脱了神性的宰制，肯定世俗功利的追求，肯定人的情欲、情感，肯定物质的自然界。经过18世纪的德国新人文主义以及20世纪的科学的人文主义、宗教的人文主义、存在主义的人文主义诸思潮的发展，西方人文学界的主潮不再是针对“神性”，而是针对“物性”，即针对科技和商业高度发展所导致的“物”的泛滥和“人”的异化。近代西方思想的发展，从讲神到讲人，讲人只讲纯粹理性，讲意识、经验，再以下就讲生物本能、生命冲动。人认识到“物”的重要，思想也外化到了极至，物质讲到极至，思想和精神要不再堕落，就必须回过头去找宗教、找神。例如宗教人文主义认为，近代以来的文明社会，带来了人的精神的世俗化与物化，使人的精神生活、灵性生活的品质日益下降。马利坦批判文艺复兴和启蒙运动的人类中心主义，使人逐渐离开了神与神圣性，这是人自身的堕落的开始。存在主义反对人类科学（包括社会科学）把人自身客观化、外在化，反对人们在与物、商品、理性机器等的关系中，在生产物质财富的活动中，丧失真正的内在的主体性。现代社会视人如物，以驾驭机械的态度对待人。手段变成了目的，而作为目的的人变成了工具，变成了符号、号码。人被他人和自己抽象化为一个非真实的存在。因此，当代西方的人文学者所讲的人性，已不是文艺复兴和启蒙运动时所讲的异于神性的人性，而是异于物性的人性。甚至他们中的一些人主张回到人与神的合作，以拯救人的堕落。这就包含了西方宗教精神的再生。这当然不是回到中世纪的宗教的负面，这些负面已经过近代文化的洗礼，这是要借助宗教精神来避免人的再度沦落（即功利化、工具化、异己化、物化）。马克思主义、西方文化批判思潮所批评的，正是科技至上导致的“工具理性”的过度膨胀或“理性的暴虐”对人的奴役。

中国是不一样的。中国远古时期有天神崇拜，到孔子时代，中国的人文精神就已经崛起，有了人的自觉。中国的人文主义和人文精神有这样一个特点——不和宗教相对立，不和自然相对立，也不和科学相对立，是一个大融合。综合传统的人文思想、人文精神，它是肯定宗教的。我们看孔子，他有“畏天命、畏大人、畏圣人之言”的主张，强调对天命的敬畏，对至上神灵昊天的敬畏。中国人有对天道的崇拜。中国的人文精神、人文主义在积极有为地创造世界的活动、人文的活动的同时，没有消解背后的一个至上神灵。在天、地、人、物、我之间，尊重上天，同时也对自然神灵很尊重。因此，我们看中国这样一个人文精神、人文主义：我们讲人道，讲仁义礼智信，讲人和人的关系。我们也讲人的社会存在，其实这里也包含着一种天道自然、宗教的终极性的东西。这种人文主义又不和自然相脱离，承认自然神灵的神圣性。同时，中国人文精神又不和科学相脱离，与科学相互成长。

二、互联网发展存在双刃剑问题

现代高科技，我们讲新的“高大上”，“高”是高科技，“大”是大数据，“上”就是上网、上线、上云端。高科技对于人文、对于人有很大的影响。我们讲人文，人要文、文要化，那人在其中要有什么地位呢？高科技是一把双刃剑，正面的就不讲了，我们大家都知道；负面的，它的确会使人异化。

我们讨论互联网，互联网的确是好东西，给了我们很多好处，很方便。但是互联网本身也是一把双刃剑，比如未成年人网络使用问题，数据隐私和个人信息安全问题等。此外，在互联网带来扁平化的同时，人的个性特质也受到挑战，现在的人都是千人一面，因为到了这样一个数字时代，有三化：文化民主化、知识碎片化、品位低俗化。

所以我觉得互联网是一把双刃剑，我们的人文学者或者宗教学者、哲学学者，包括互联网专家，都在做这样的工作——克服它的弊病，把它的负面的东西转化为正面的东西。如果人性的贪婪、人性的负面的东西和高科技联手，那就像很多专家们所说的，我们在地球当中不能生存了，人类已经把地球污染殆尽，我们还要跑到月球上去，再去污染别的星球。

因此，对高科技本身，我们的确要警惕，我们是非常尊重高科技、互联网本身的，但我们也要警惕它给我们带来的人的本身负面的东西。

高科技当然要发展，科技的发展有科技自身的规律，这个是抵挡不住的。高科技发展有没有限制呢？怎么加以限制呢？这是要深入思考的问题。

三、“人类命运共同体”与“人与天地万物为一体”

很多技术发展的弊病，还是要靠发展技术自身来加以克服和调节，我很同意这个观点。还有一点我要补充，比方说人工智能机器人“阿尔法围棋”已经非常聪明、非常可怕。如果运用于战争的话，智能机器人产生的自主意识脱离人的控制的话，最后与人类为敌，这是不堪设想的。这个是单方面发展技术控制不了的，这才是真正的异化。所以我们常常讲“人是目的”，长期以来都把它作为一个正面的命题来讨论，因为这是一个很难得的哲学命题。

可是，如果“人是目的”只是以人为目的的话，就会走向人类中心主义的窠臼。人应该珍视天地万物，其与人类一体。科技发展为什么有限度？它应该受到限制，应该受到制约。科技发展应该受到两个主要理念的制约，一个是“人类命运共同体”，另一个是“人与天地万物为一体”，后者很重要，这是一个制约的总纲。

人类与科技的关系非常复杂，我们怎样调动人文理性、调动道德价值来批评、监督高科技的发展？科技发展还是要靠科学家、科技人的努力。科技人自己要有道德修养，所以要调动道德价值来批评、监督高科技的冲动与发展，科技界有科技界的职业道德，有科技伦理，科技发展应该受到人类基本伦理的制约。除了道德审查，国际国内还有各种法律；除了法律、道德，还有很多规矩规范；除了规矩规范，还有科技人自身的理性，还有我们的科技伦理。这些东西我觉得要有一个全面性、全方位的讨论。

四、互联网世界与华严哲学

互联网时代的确有它的特点，它的通融互联，它的网状的价值结构，它的大数据和高流动，它的开放的有机生态圈的时代，这些都是非常了不起的。

前面我过于讲它的负面、弊病，其实我是高度赞扬互联网时代的优长的，特别是互联网思维，它是一个立体的思维，不再是我们过去平面的线性的思维，打破了过去我们线性的思维，是一个网状结构，这个结构好有一比。我们过去讲佛教，讲华严宗，华严宗是讲法界缘起的，四个法界相互包容、圆融无碍。它怎么比喻呢？比如说法藏大师给武则天讲佛理、讲法界缘起的时候，他做了一个展示。他在一个大厅里面摆上十面镜子，十面镜子的前面放一根点着的蜡烛，交相辉映，重重无尽。这就是因陀罗网，帝珠之网，网网相扣，珠珠相连，圆融自在、无穷无尽。所以法界缘起，四法界，华严宗的一多相即，一即一切，一切即一，重重无尽，互为因果，相互缘起，而且各自自在，不相妨害，各有主体性，又互为主体性，相互含摄，重重无尽。和互联网的特点最接近的中国古代哲学是华严宗哲学，我建议大家读一点华严。

（节选自2020年3月26日在科学与人文论坛上的发言）

生也有涯而书也无涯

标题套用了《庄子》:“吾生也有涯，而知也无涯。以有涯随无涯，殆已。”现在的书真是太多了，生命有限，书海无限，读什么书，如何读书，其实是更加困难了！

我不敢说自己嗜书如命，但敢说自己算是一个读书人。今年七十有三,一生爱读书。我的读书生涯，从小学高年级开始，家里的书不多，放寒暑假时，三哥会从学校图书馆帮弟妹们借回很多书。进入中学以后，我开始有了自己的阅读生活。

青年时期遭逢“文革”，又下乡当知青、到工厂当工人。那十多年是我“乱”读书的时期，什么书都读，从马克思主义经典到中外童话、神话、小说、游记、科普、人物传记、家书家训，无所不窥。在自制的煤油灯下读书，读累了，倒头就睡，次日早晨出工，同伴笑说我的两鼻孔都是黑的。我们一边读书，一边感悟人生。回首当年，记忆犹新的是知青、工友们是如何相互交换书看。

恢复高考后,1978 年我 31 岁才上了大学，更是泡在图书馆里。自由读书，开卷有益。本科低年级恶补名著小说，其实有的书在当知青与工人时读过，此时是全本，是认真地读，如罗曼·罗兰的《约翰·克利斯朵夫》、巴尔扎克的《人间喜剧》、雨果的《悲惨世界》、大仲马的《基督山伯爵》、托尔斯泰的《战争与和平》，还有曹雪芹、沈从文等人的书。那时也赶过时髦，如控制论、系统论、信息论兴起时，我们抢读维纳的《控制论》等。总之，书读得很杂，涉猎较广。

到本科高年级与研究生阶段，我才埋首于理论与历史著作中，在老师的指导下，进入专业训练，有步骤地读点中西方文史哲的基础书，在中、西、马的经典著作方面下过功夫，做了不少读书笔记，写了一些心得。

读万卷书，行万里路。多年来，我的旅行也围绕着读书而展开：拜访哲学家、汉学家、作者及其故居，寻找书中读过的场景，如到京都拜谷川道雄，到福冈访冈田武彦，到波士顿与史华慈交谈，到巴黎见过谢和耐、观赏巴黎圣母院，到特里尔参观马克思旧居，到法兰克福看歌德的老宅子，到英伦寻访莎翁故园，到台北钱穆的素书楼和宁波的天一阁做演讲。

走"哲学之路"，我走过海德堡的，也走过京都的。我当武汉大学哲学院院长时，曾天真地提议把敝校珞珈山的环山北路与南路命名为"哲学之路"，打了报告，又到学校的校长办公会议上陈述，被驳回。理由是如果命名为"哲学之路"，那各学科都要命名道路，经济、法律、文史、数理化生……校方摆不平。我据理力争，强调哲学与一般学科不同，结果只能是适得其反。

读书为用而读，但不应局限于此；读书也为无用而读。有用与无用相互转化，无用可能是大用。我的读书，一多半是实用，即围绕专业，围绕着教书和指导学生而读，然我仍喜欢多读，不计功利地读书。太实用，人会变得偏枯无趣。杨绛先生曾批评某青年，想得太多而书读得太少。在这方面，我佩服章学诚、江瑔等人。

年逾七旬，为修身养性，我现在常读点佛经与《庄子》，也读读朱子的《近思录》，阳明的《传习录》等。

读专业书要细要慢，提倡比慢精神。有的专业书，号称难读，如《礼记·曾子问》，真不好读，每一段每一句话，都有不明白的。这是孔子与曾子讨论春秋末期的礼仪的，特别涉及丧礼及权变办法，复杂得很。好在有《十三经注疏》中的《礼记正义》，有相关的书与工具书，慢慢可以疏通。这不叫读书，叫啃书，啃进去了，就有了看家的本领。我们的专业训练，就是在诸经诸子中找一点经典，让学生一字一句一段地细读，连同注疏，读通了，读懂了，再谈思想。这还是要以文字、音韵、训诂为基础的。

我还是主张择取精品细读，整本地读，一字一句、从头到尾地读下去。黄季刚反对“杀书头”，即每书翻看个开头，浮光掠影，东翻西看，似乎读了很多书，却没有收益。曾国藩主张“一书不尽，不读新书”，即把一本书读通读透，再读另一新书。他说，读书要沉浸其中，从容涵泳，边读边写，“略作札记，以志所得，以著所疑”。

快节奏的网络时代带给我们极大的方便，我们因它有不少的福利，但数字化时代也有负面影响，如所谓“三化”：文化民主化、知识碎片化、品位低俗化。读书的人少了，写书的人多了。现在相对主义盛行，专家与业余爱好者，创作者与读者、观众的界限没有了，知识的系统性，知识背后的价值观失落了。网络上虚实、真伪难辨，低俗化倾向严重。在这一背景下，人文精神被碎片化、贫弱化了。这是我们要特别强调多读书的原因。

2020 年 4 月于博鳌

天人合一的内涵与时代价值

关于宇宙观，中华优秀传统文化中有丰富的表达。习近平总书记指出：“中华文明历来崇尚天人合一、道法自然，追求人与自然和谐共生。”中华宇宙观中蕴含的天人合一理念，集中体现着中华民族对整个宇宙以及人与宇宙万物关系的根本看法。讲清楚天人合一的内涵和意义，有助于人们深刻理解中国人的宇宙观及其对当今时代的重要价值。

关于人与宇宙的关系，中国古代不同思想家有不同的主张。经过长期交流交锋，天人合一逐渐成为主流观点。这种观点强调人与宇宙的互动与和谐。孟子说：“亲亲而仁民，仁民而爱物。”孟子主张把对亲人的爱推及邻人、推及百姓，乃至推及万物万类。庄子说：“天地与我并生，而万物与我为一。”庄子认为人可以提升自己的境界以“与天地精神往来”。《周易》中的“道”，综合天道、地道、人道，其中“天地”是万物之母，一切皆由其“生生”而来，“生生”是“天地”内在的创生力量。天道、地道、人道既是一个不断创生的系统，也是一个各类物种和谐共生的生命共同体，这就从自然规律的角度阐释了天人合一如何可能的问题。此后，宋代理学家张载讲“民吾同胞，物吾与也”，意即百姓是我的同胞，自然万物都是我们的兄弟，倡导要爱人类，也要爱自然万物。程颢说：“仁者，以天地万物为一体。”他认为人的仁心、仁性要与天地万物为一体，要把爱给予他人和万物，使爱具有遍布于人与万物的普遍性。明代思想家王阳明的“一体之仁”说，把人所具有的仁爱之心由“爱人”扩展到“爱物”，从而把人与天地万物有机结合起来。

天人合一的宇宙观内含从万物相互联系出发而非孤立片面看待世界的观点，强调整个世界的有机关联。人与自然、人与人、人与社会之间是共生共存的关系。人不是孤零零的存在，人与草木、鸟兽、山水、沙石同在。按照这样的宇宙观，人与天地万物属于同一个大的生命共同体，这样就把人类的生存与宇宙万物的生存联系起来。当然，讲天人合一，并非把天与人直接等同起来。很多思想家认为天是天、人是人，天人合一是有区别的统一。例如，战国末期的荀子在《天论》中说：“天行有常”，即自然有自然的规律。他主张“明于天人之分”，即认识到天与人的职守不同；强调人在一定意义上，可以“制天命而用之”。唐代刘禹锡认为“天与人交相胜耳”。柳宗元则强调，天与人“其事各行不相预”，即天与人各有其发挥作用的领域，彼此的作用不可相互取代。可见，中国古人在讲天人合一时，也包含“天人相分”的意思，即有分有合、先分后合。

天人合一的宇宙观蕴含着中华文明的生存理念，在今天仍然具有重要价值。这一理念与西方近代以来人类中心主义的自然观截然不同。人类中心主义的自然观认为人是主体，人以外的生命和自然界均为客体，是人认识、利用和改造的对象。受人类中心主义的自然观影响，自进入工业文明以来，人类在创造巨大物质财富的同时，也加速了对自然资源的攫取，打破了地球生态系统原有的循环和平衡，造成人与自然关系紧张。天人合一的宇宙观建立在对人与天地万物一体同源的体悟之上，其中蕴含着人与自然万物共存共生的生命共同体意识，倡导人对自然万物持有仁爱之心，将天地万物视作同自己紧密相连的存在，从而把天地人统一起来，把自然生态同人类文明联系起来，这为构建中国特色生态哲学提供了重要价值论参考。在天人合一的宇宙观中，不存在所谓绝对独立存在的客观自然，自然不是外在于人的他者。人与自然万物是共存关系，相互依存、和谐共生，共同维持着整个生态系统的平衡，这为构建中国特色生态哲学提供了重要关系论参考。此外，天人合一的宇宙观还明确了人对天地万物的责任和义务，为人的行为画定了红线，强调人类应当善待自然，按照自然规律活动，对自然心存敬畏，对自然资源取之有时、用之有度，维护人与自然万物之间的平衡，实现人与自然和谐共生，这为构建中国特色生态哲学、寻求永续发展之路提供了重要实践论启示。我们要坚持以习近平生态文明思想为指导，汲取中华优秀传统文化中天人合一宇宙观的智慧，推动建设人与自然和谐共生的现代化。

（原载《人民日报》2022 年 6 月 20 日第 9 版《深刻理解和把握中国人的宇宙观、天下观、社会观、道德观》）

后　记

《老子》曰：“音声相合。”《礼记·乐记》曰：“感于物而动，故形于声。”“凡音者，生人心者也。情动于中，故形于声。声成文，谓之音。”《说文解字》曰：“音，声也。生于心，有节于外，谓之音。”

韵的本义指和谐而有节奏的声音，也指风度、气质、情趣。音韵乃和谐的声调，韵律指诗文的音节跌宕起伏。若指声音的抑扬顿挫或音节韵律，如刘禹锡“笙簧百啭音韵多，黄鹂吞声燕无语”，沈约“若以文章之音韵，同弦管之声曲，则美恶妍蚩，不得顿相乖反”之言。若指人的风度仪态、嗓音谈吐，如《太平广记》引唐《河东记》言“有顷，见一女人，年可二八，容华端丽，音韵幽闲”，《周书·寇儁传》言“容止端详，音韵清朗”。由此想到的是前辈师长的神韵情采。

西周末年史伯说：“夫和实生物，同则不继。以他平他谓之和，故能丰长而物归之；若以同裨同，尽乃弃矣。”孔子、晏子都有和同之辨，主张“和而不同”，多样统一。

音与韵，本来就包含了“和而不同”的意思。国之音韵，就更加如此了。小子岂敢以国之音韵来命名拙书？海南出版社同仁赐予此名，取其深意，小子作为追求的理想目标吧。

书中所收录部分文章，较首次发表时略有改动。此次编稿过程中，重读旧作，感触良多。这些长短不一的小文，卑不足道，然点点滴滴，记录了数十年来，为了弘扬国家民族的正学，小子与同仁不厌其烦地鼓与呼，在教书育人的实践中落实中国文化理想和教育理念的过程。读圣贤书，与古今思想家作心灵的沟通与思想的对话，这里也留下了痕迹。人生感悟，如同海边拾贝。

两年多以来，全球陷入新冠肺炎疫情造成的大灾难，这是人类史上罕见的大危机。目前已有数亿人感染此病，有数百万人被病疫夺去了鲜活的生命，令人忧心如焚！疫灾使吾人警醒，再次审视吾人的生死观和忧乐观。“子之所慎：斋，战，疾。”当年夫子敬畏天命，斋戒沐浴，慎重对待祭祀、战争与疫病的态度，是值得我们学习的。

承王绍培兄不弃，为拙书赐序。绍培是我的同窗，我们二人为忘年交，他还是资深媒体人，是本书主题“国音与国韵”方面的大家，他的大序提升了本书的品位，特深致谢忱！

2020 年 5 月于东湖珞珈寓所，两年后修订